DBA

CB054164

Vinícius Portella

O inconsciente corporativo e outros contos

1ª edição

PREPARAÇÃO
Silvia Massimini Felix

REVISÃO
Pamela P. C. Silva
Laura Folgueira

ASSISTENTE EDITORIAL
Gabriela Mekhitarian

DIAGRAMAÇÃO
Letícia Pestana

CAPA
Beatriz Dórea
Isabela Vdd
Júnior Morimoto (assistência)

Impresso no Brasil/*Printed in Brazil*

Alameda Franca, 1185, cj 31
01422-001 — São Paulo — SP
www.dbaeditora.com.br

Dados Internacionais de Catalogação na Publicação (CIP)
(Câmara Brasileira do Livro, SP, Brasil)

Portella, Vinícius

O inconsciente corporativo e outros contos / Vinícius Portella.
1. ed. — São Paulo: DBA Editora, 2023.

ISBN 978-65-5826-057-8

1. Contos brasileiros 2. Redes sociais 3. Tecnologia I. Título.

CDD-B869.3 23-146537

Índices para catálogo sistemático:
1. Contos : Literatura brasileira B869.3

Eliane de Freitas Leite - Bibliotecária - CRB 8/8415

No futuro, trataremos usuários do
mesmo modo que computadores: ambos
são programáveis.
Bill Gates (citado por Friedrich Kittler)

Não invoque aquilo que você não
consegue derrubar.
H. P. Lovecraft

SUMÁRIO

CONCENTRAÇÃO

Mais uma vez, ele tenta se endireitar na cadeira e se concentrar em tudo o que tem pra fazer ainda hoje. Já são dez e meia e não fez porra nenhuma. Só mandou dois e-mails e enrolou no celular, uma hora e pouco depois de se sentar pra começar a trabalhar. Escritório é uma desgraça, ele ainda é grato de não ter que se tacar até aquele lugar horrível todo dia (a luz branca e fria, todo aquele papinho), mas em casa, de fato, tem dia que é pior. Impossível não dispersar. Mesmo depois de seguir o conselho de amigos e passar a tirar o pijama e se vestir de verdade, a coisa toda. Até de cinto ele tava, imagina, sentado diante da porra do computador no canto da sala de casa (seu "escritório"). Antes de abrir o arquivo do Excel, ele precisa só confirmar uma informação que recebeu do chefe pelo WhatsApp, pra não acabar fazendo alguma coisa errada. Ao abrir o celular, acaba vendo três mensagens enviadas por um grupo de que faz parte. Uma é o link pra uma notícia envolvendo o governo atual, seguida de um comentário raivoso. A segunda é um meme cujas referências ele não entende. A terceira é uma imagem animada de um cachorro dançando com seu dono, uma criança. Ele manda a imagem do cachorro dançando pra um flerte com quem anda de conversinha. Acaba relendo a conversa com a garota por alguns segundos antes de abrir o Instagram e constatar que o sinal de mensagem nova indicava apenas uma mensagem que ele já tinha lido na tela bloqueada horas atrás. O que é um pouco frustrante. Só quando já tá vendo o sexto ou sétimo *story*, dois deles de celebridade, dois de pessoas que mal conhece ou não sabe muito bem por que segue, é que lembra que precisava pegar a informação passada pelo chefe pra começar de verdade o expediente, o dia, tudo o que ele tinha pra fazer. Porra. Volta pro WhatsApp, mas chegaram mensagens novas em outros grupos. Uma delas é o print de uma interação entre um bolsonarista alucinado e um *troll* de esquerda, outra é o link de uma reportagem sobre uma chacina no Rio, outra é um gráfico que compara todas as pesquisas eleitorais e faz um meta-agregado complexo, outra ainda é um nexo enovelado de nexos aninhados, vórtice espiralado em que todas as conexões contêm todas as demais conexões, todas as interações apontam umas pras outras, todas as trocas circulam todas as trocas em cima das quatro ou cinco plataformas que em breve (já, já mesmo) passarão seu rolo compressor em todas as superfícies disponíveis, incluindo tudo que ainda não tá lá, tudo que é o caso se nivelando enfim na mesma maçaroca de conteúdo indistinto, ruído branco e rosa ocupando todo o espectro disponível em bloco, nada saindo jamais de dentro daqueles dutos, sem escapatória possível, nem descanso, nem fissura, nada que tem peso podendo sequer pensar em escapar a esse único molde pra moldar todos os outros, única modulação pra encontrá-los, única moldura pra congregar a todos e atá-los na mesma luz nauseante (ricocheteando sem parar como luz nos cabos submarinos, agora mesmo, emanada ao seu redor como onda de rádio), único enquadro do que se pode, único filtro do que se dá.

A REPRESSÃO TRABALHA POR TODA PARTE

A Luana sempre dizia isso, ao mesmo tempo zoando e seríssima. Meio que a frase de efeito dela. Falava que queria pintar essa frase nos muros da cidade. Com tinta preta unívoca, caixa alta, letras austeras de forma. (A REPRESSÃO TRABALHA POR TODA PARTE.) Pra que um dia, quem sabe, virasse uma daquelas frases recorrentes que todo mundo na cidade conhece (como SÓ JESUS TIRA O DEMÔNIO DAS PESSOAS e suas variações; ou aquele EU DEI PRA ELE, que ela odiava).

— A mina acha que dar pro boy é a coisa mais revolucionária do mundo. Ah, vá.

Era mais preguiçosa que eu, uma das coisas que eu mais gostava nela. Nunca nem comprou a tinta. A preguiça mútua nos uniu, eu dizia com alguma frequência. Mas esse é um péssimo traço pra se adensar num casal, ela começou a emendar, primeiro em privado, depois em público, com uma cara séria, sobrancelha grossa e expressiva toda enfezada, linda.

Quando decidíamos sair no fim de semana, era uma luta para ver quem ia tomar banho e se arrumar primeiro. Ela geralmente emitia uns barulhos arrastados que chegavam a me assustar, de bicho agoniado ou morrendo. iiiiihhhhnrrrnnnnrrrsst. ããhnnnwhrst. Mas acabava se levantando antes de mim (porque sabia que eu nunca perderia esse jogo) e falando, sempre, enquanto erguia os joelhos até o peito pra depois levá-los à frente jogando o resto do corpo pra fora da cama: *Hora de morfar.*

Das muitas coisas dela que amei até o fim. A Luana é bem baixinha, com uma beleza compacta e precisa como uma miniatura. Jornalista, e das boas. Seu forte não era a escrita em si, ela era boa mesmo em entrevistar gente, gravar números e traçar relações novas entre eles, fazer-se de sonsa e de teimosa quando necessário pra descobrir algo. Dizia-se invocada, "como quase toda baixinha que se preze". Aprendeu a falar alto bem cedo, pra se fazer ouvir numa sala de redação cheia de homens. Escrevia sobre cidade, transporte e segurança pública, principalmente. Teve alguns anos de relativa estabilidade profissional logo na saída da faculdade, até com alguma projeção nacional num par de matérias. Mas havia sido demitida duas vezes nos últimos três anos, do primeiro emprego por ser íntegra e séria demais num lugar que o era de menos, do segundo porque veio uma onda de demissões que levou até gente bem mais estabelecida que ela. E isso mesmo com ela fazendo o possível pra agradar à ecologia corporativa do rolê, como ela própria descrevia. Foi a vez que ela mais tentou jogar o jogo direitinho, puxando saco e tudo. E não adiantou de nada. Isso a amargurou ainda mais, acho. E agora estava até hoje naquela indecisão eterna dos frilas, sendo enrolada a torto e a direito pra fazer, quase sempre, trampos bem irritantes e aquém da sua capacidade.

Começou a falar isso de pintar os muros desde que desistiu de abandonar o Twitter, que havia sido uma obsessão diária por quase uma década, onde por anos despejara tudo que passava pela sua cabeça, onde cunhou sua frase de efeito da repressão. Embora a plataforma seja um recurso profissional pra muitos jornalistas, a Luana começou sua conta com pseudônimo ainda na faculdade e se acostumou a falar de tudo, mas tudo mesmo (inclusive a intimidade sexual destrambelhada, as frustrações profissionais sucessivas) e depois nunca mais conseguiu fundir as duas personas.

Sua conta tinha cinco mil seguidores e contando, conquistados basicamente falando merda e sendo engraçada durante anos, e a Luana sabia que não seria possível fazer a transição pra uma persona profissional séria a essa altura do campeonato (eu mesmo a conheci em outro lugar, mas vim a me apaixonar por ela primeiro por lá).

Havia feito amigos de verdade lá dentro e adorava aquele derretimento diário, aquela enxurrada de memes e metarrespostas se aninhando umas nas outras. Tinha um lado péssimo mas havia muita coisa realmente boa, também, ela sempre dizia. E não queria começar uma conta do zero, ter que treinar uma voz nova que falasse dos assuntos que a interessavam profissionalmente e não da higiene da sua própria vagina e da vida de figuras aleatórias do submundo da internet. Começou a ficar ressentida das contas grandes de alguns jornalistas que ela conhecia da faculdade, gente que chegou depois mas tinha jogado o jogo direitinho.

Um dia, um punhado de pessoas decidiu tretar com a Luana por uma piada feita sobre um influencer de esquerda (porque a consideravam gordofóbica). Não foi uma reação especialmente virulenta, mas, depois de passar uma tarde explicando uma piada interna pra estranhos, ela decidiu que a coisa toda não estava fazendo tão bem pra sua saúde mental.

Deletou o aplicativo e nunca mais abriu (eu, que nunca consegui ganhar muitos seguidores naquele negócio e invejava um pouco seu relativo sucesso, cheguei a ficar admirado com a força de vontade). Disse ainda que precisava se concentrar no trabalho, em vez de ficar perdendo tempo gerando valor pro "sr. John Twitter", como ela sempre falava, mesmo sabendo o nome do seu CEO de verdade. Agora ficava mandando frases de efeito pra mim o dia todo, claramente insatisfeita com o tamanho insuficiente da minha reação, qualquer que fosse.

Na última entrevista de emprego, quando basicamente entendeu que seria assessora de imprensa de um bando de marcas (a chamada pro emprego era muito, muito vaga, mas fingia que era jornalismo), ela começou a rir e falou que, se fosse pra fazer publicidade, ela seria publicitária, pelo menos não morreria de fome. Ninguém na sala achou muita graça.

Ela achava que sua profissão estava morrendo e mencionava isso o tempo inteiro. Jornal como a gente conhece é um bagulho do século XIX pro XX, não tem por que imaginar que essa parada vai continuar, começou a repetir com frequência, depois de ler alguns artigos mais pessimistas. E nem sei se devia continuar, viu, ainda completava. Talvez outra coisa tenha que surgir no lugar. Falava que por isso ia começar a escrever com tinta preta na rua.

— É um meio de comunicação menos escroto que quase todos os outros. O problema é só que é muito comprimido. E ninguém vai me pagar pra fazer. Tem isso também.

Eu defendia a integridade dela, lembrava das boas matérias que ela já tinha feito e, dependendo da mesa de bar em que a gente estivesse e da companhia em volta, até encenava um discurso rápido e semiconvicto sobre a importância do jornalismo pra uma democracia saudável. Ela olhava pra mim com a sobrancelha vincada de quem de repente não reconhece a pessoa com quem mora há quase dois anos.

Nós dois concordávamos, em tese, que monogamia pra vida era um negócio nada a ver. Invenção troncha e antinatural, célula-base do capitalismo, da heteronormatividade e tudo mais. Podia até ter gente que era feita pra acoplar em outra sem soltar até morrer, mas isso era a exceção da exceção. O resto, a grande maioria, tinha sempre que juntar suas mucosas com a de outros mamíferos de tempos em tempos, pra aerar, pra não afogar, pra não acabar botando vidro moído na comida do cônjuge (isso era ela falando). Ou até pra dar um contrastezinho expressivo com o corpo da pessoa que você ama de verdade (isso era eu falando).

Mas na prática ambos éramos desajeitados ou tímidos demais pra levar um relacionamento aberto adiante. A única vez que tentamos nós dois juntos transar com uma outra menina, a Luana começou a gargalhar no meio e nada fazia ela parar. Verdade que a menina (Juliane) era daquelas pra quem sexo precisa acontecer num grau de seriedade meio irrespirável, gente que liga o botão da cara de intensidade e não desliga mais por nada até gozar. Mas ainda assim. Tivemos que pedir desculpas pra ela, ficamos os três tomando chá pelados ouvindo Clube da Esquina. Não que tenha sido ruim.

A segunda possibilidade de combinação — pelo menos uma que me incluísse — também não parecia plausível, já que, na única ocasião que eu beijei um cara, num Carnaval, depois de tomar MD pela primeira vez, me ocorreu na mesma hora que eu estava beijando o Evandro Mesquita (isso porque todo homem pra mim é um Evandro Mesquita em potencial — eu incluso).

Certa vez uma menina me pegou numa festa de amigos das antigas para a qual a Luana não quis ir (porque achava esses amigos, com alguma razão, insuportáveis). A menina era baiana e muito alta, linda, só trocou comigo umas cinco frases antes de me beijar. Eu, que nunca tinha sido pego por mulher nenhuma na vida, fiquei feliz pacas, e todo convencido, e inclusive acabei descumprindo a única regra séria que a gente tinha estabelecido pra pegação extraconjugal: contar a situação pra pessoa que for pegar antes do efetivo rala e rola. Fiquei meio sem saber como avisar, primeiro, e depois fui ficando com medo de ela achar ruim e desistir de tudo (depois que ela sussurrou no meu ouvido, constatando mais que convidando, ainda no meio da festa, que a gente iria pra casa dela depois).

Mas aí, quando chegamos na casa dela e o negócio ficou sério, meu pau não subia nem com guindaste. Não sei se era noia, se foi a Ana Carolina que ela cantou no Uber até a casa dela ou só uma incompatibilidade mais corporal mesmo revelada de real ali entre os dois corpos. Mas não rolou. E, depois de quase rolar e aí não rolar duas vezes, dei como explicação o fato de estar num relacionamento aberto e não ter contado pra ela antes. A reação dela foi primeiro de fechar a cara como se eu tivesse falando algo muito estranho, e depois falar com uma cara irônica: "Agora que cê contou ele sobe, então?". Eu falei que ia ao banheiro e fui embora, pegando minha roupa na sala, a camiseta em cima da fruteira.

Acabei chegando em casa quatro da manhã sem ter comido ninguém e me sentindo idiota. A Luana estava acordada, em pé em cima da cama com a raquete elétrica de matar mosquito. Perguntei se não tinha dormido porque estava me esperando, ela falou que não. Contei a história toda, expliquei que tinha desligado o celular porque fiquei com vergonha de contar pra ela que estava indo comer uma mina aleatória. Ela não esboçou nenhuma reação, só fechou as cortinas, deitou do lado dela da cama e falou:

— Homem é um bicho muito retardado, benzadeusa. Mas achei fofo você brochar.

A Luana tinha isso de uma seriedade, por mais que fosse das pessoas mais engraçadas que já conheci. Daquelas pessoas que te fazem rir de doer a barriga sem esboçar mais que um rasgozinho no canto da boca. Dizia que não julgava ninguém, que ninguém era melhor que ninguém ("só existe gente burra e inteligente, de bom gosto e de mau gosto"), mas dava pra ver a cara de desprezo dela por algumas pessoas. Nunca tentava esconder quando achava alguém ridículo, o que eu respeito, porém achava difícil de lidar em algumas situações. Tudo o que aprendi a fazer na vida é esconder.

A Luana era mato-grossense, eu a conheci pela internet com catorze anos, os dois fãs de Blind Guardian (sim). A gente se pegou umas vezes morando em cidades diferentes, até que ela se mudou pro Rio três anos atrás, depois de morar em duas outras capitais, e acabamos nos atracando de um jeito muito lento, natural e sussa que até hoje eu tenho dificuldade de reconstituir na minha cabeça. Ela precisava dividir o aluguel, eu queria vê-la todo dia. Quando fui ver, estávamos morando juntos.

Foi a segunda mulher com quem eu morei. A primeira foi a Jéssica, a pessoa mais inteligente que já conheci na vida. A Jéssica me dava — me dá — medo. Tive mais pesadelos com ela que com qualquer monstro de filme de terror. Tenho até hoje, na verdade.

Quando a gente começou a morar junto, ela estava escrevendo uma *História geral da compressão*, já no segundo volume (de, espera-se, seis). Em alemão. O primeiro volume tinha ganhado um prêmio prestigioso e vendido surpreendentemente bem pra esse tipo de coisa. Ela estava com trinta e três anos e parecia ter quarenta (o que eu achava muito atraente).

O livro na verdade era uma "genealogia da infraestrutura da comunicação, amplamente entendida", ela dizia, quando perguntavam, como se isso tornasse tudo muito mais claro. As pessoas em geral concordavam com gravidade, respeitosos e com medo dela começar a dar uma aula sobre o assunto, o que quase nunca acontecia, as exceções sendo quando ela estava fumada (o que era bem raro) ou quando tinha vontade de dar uma surra de arrogância em quem ela achava que merecia (o que era menos raro).

Claro que isso me intimidava. Conheci a Jéssica num bar, aniversário de amiga em comum, ela voltando do doutorado que fez na Alemanha. Achei de verdade por algumas horas que ela fosse estrangeira. O português tinha ido embora um tanto, ela falou. Mas volta, eu disse. Ela era cinco anos mais velha que eu, terminou o doutorado lá em menos tempo do que muitos alemães costumam terminar. Era odiada por todo mundo no seu departamento, segundo ela, e falava isso com uma alegria infantil.

Ela disse que já havia pesquisado extensamente os assuntos até o quarto livro, tudo dentro da pesquisa do doutorado, então bastava enxertar sua tese pra escrever os livros, deixá-la mais legível pra não especialistas e botar umas piadas nos começos dos capítulos. Fiquei muito impressionado, achando que ela devia ser uma gênia, o que ela me diria (muito tempo depois) que não era, só era esperta e muito, muito esforçada.

E eu, que não sei bem se sou esperto e *sei* que não sou muito esforçado, fiquei todo admirado. Ajudava que ela fosse linda, ainda que de um jeito meio esquisitão, quase inumano. O formato do crânio pronunciado, um olho muito claro, a boca nenhuma, só uma fenda estreita, algo meio cavernoso rolando naquela simetria toda. Às vezes, parecia olhar pra nós seres humanos com curiosidade e distância, como quem cutuca um animal morto com um graveto.

Flertei com ela a noite toda e ela foi simpática o tempo todo, mas parecia nem tchuns. Até que virou e me perguntou, no fim da noite:

— Você tá flertando comigo? Tem que me dizer, porque eu não percebo. Se quiser, podemos ir lá pra casa.

Eu me apaixonei rapidinho. Ela jamais demonstrava afeição, o que pra alguém que se odeia como eu está ótimo. Depois da terceira vez que a gente transou, fiz questão de tentar entender os trens que ela escrevia, das partes que ela já tinha traduzido pro inglês.

Achei que tivesse entendido quase tudo da introdução do primeiro livro, que falava sobre o desenvolvimento dos alfabetos fenício e grego, mas no segundo capítulo, quando começavam a aparecer equações, eu já empacava nos primeiros parágrafos, relia várias vezes, procurava uns termos na Wikipédia e ainda assim sentia que tudo trafegava muitos quilômetros acima da minha compreensão.

É estranho, às vezes, admirar tanto a pessoa com quem você transa quase todo dia. Pra mim pelo menos era. Excitante, claro, mas principalmente estranho. Nunca entendi o que ela via em mim. Mas eu a fazia rir com alguma frequência, que era a única coisa que a desarmava. Devia ser isso.

E ela enganava um pouco na disposição sexual. Olhando a gestualidade travada dela, parecia ser talvez dessas pessoas muito reprimidas que precisam fazer sexo limpinho, no escuro, com vários preparos. Mas era quase o extremo oposto. Na verdade, ela aplicava pra vida sexual quase o mesmo rigor científico investigativo que aplicava nas suas pesquisas de ecologia dos meios de comunicação (como ela chamava).

Fez questão de transar com menina lá pros dezessete, ainda morando no interior de São Paulo, mais pra provar um ponto ou riscar um item de uma lista do que pra realizar um desejo concreto e particular. Isso ela mesma me disse. Mas só foi realmente soltar as asinhas e tentar meio que de tudo quando morou na Alemanha, bem longe da família e dos círculos de amigos antigos. Eu morri e ressuscitei sexualmente três vezes, ela falava, os olhos de quem estava tentando ser bastante precisa com o número.

O ano em que a gente esteve junto consistiu em eu ir correndo atrás do pique dela. Lendo um quinto dos filósofos e cientistas que ela lia pra ver se entendia as doideiras que ela escrevia, sem muito sucesso, indo nas festas comédia de gente da transância heterodoxa e tentando não me sentir deslocado demais (o que tampouco dava certo).

Quase tudo de assunto interessante que eu tenho hoje pra falar, quase todas histórias inusitadas que tenho pra contar na vida vieram desse período. Mas eu não era feliz, tenso quase o tempo todo. Namorar a Jéssica era uma espécie de trabalho, quase. Do tipo que pagava bem e tudo, mas que te deixava se sentindo sempre exausto e inadequado.

Por isso a maneira ridícula que arranjei de terminar com ela. Fugi. Do nada. Tirei férias antecipadas do trabalho sem avisá-la e viajei. Combinei no trabalho com um mês de antecedência, mas mandei um e-mail pra ela no dia, de manhã, logo antes de ir pro aeroporto. A Jéssica estava na biblioteca onde ela ficava até as oito da noite, quase todo dia.

Ficou muito puta, claro, mais por orgulho, acho, do que por imaginar que sentiria tanto minha falta. Ela sempre se achou melhor que eu (e ela é, mesmo). Deixou um áudio pra mim no zap de uns oito minutos me descascando de cabo a rabo. Sem levantar a voz, sem perder a razão, sem nem *exagerar*, exatamente. Mesmo nessa situação, a extrema honestidade intelectual dela não a deixava se exceder muito.

Ela só descreveu com uma inteligência assombrosa e sinóptica todas as minhas insuficiências como pessoa, como marido e como cidadão. Aproveitando pra explicar de maneira didática (ela adorava ser didática) de que forma meu comportamento ilustrava a infantilidade geral dos homens da nossa época. Em especial dos privilegiados (minha família tem grana, trabalhei pouquíssimo na vida). E ela arrematou com uma frase curtinha que foi o único xingamento dos oito minutos, dito mais com desprezo que com raiva. *Playboy retardado*.

Até hoje, quatro anos depois, é o termo que eu uso na minha cabeça sempre que quero me odiar com o máximo de força disponível. *Playboy retardado*. Nunca respondi ao áudio, nunca mais a encontrei. Acabei me mudando pro Rio pouco depois.

Então vocês podem imaginar minha alegria quando dei com ela num jantar em Botafogo pra três casais na casa de uma amiga íntima da Luana. Cheguei tranquilaço e falando besteira, quando meu olhar bateu com o dela, um namorado ruivo com pinta de gringo do lado ouvindo a Patrícia, a dona da casa, discorrer seriamente sobre uma chacina recente da pm no Morro do Fallet. Emiti um barulho entre "oi" e "epa" que não chegou a ser palavra nenhuma.

A Luana, que não era ciumenta mas tampouco boba, já tinha stalkeado a Jéssica de leve. Cumprimentou-a pelo nome muito naturalmente, toda simpática. Já a Jéssica, durona, mal fez barulho. Estava tão surpresa quanto eu, acho. O namorado gringo se chamava Griffin e era matemático, além de ruivo, e estava concluindo o pós-doutorado (claro) na Inglaterra. Super simpático, ainda por cima, o filho da puta. Me perguntou o que eu fazia e fingiu interesse quando ouviu a resposta nada interessante que eu tinha pra oferecer.

A Patrícia, a dona da casa, continuou a dar o que parecia ser uma breve aula de geografia sobre o Rio de Janeiro pro Griffin. A Jéssica ficou olhando a Luana de cabo a rabo, sem disfarçar. Meu cu, um punho fechado. As duas eram treteiras quando bebiam, e a Jéssica já parecia alta. Não havia nenhum motivo lógico real para treta, claro, mas alguma coisa ali na disposição da cena me deixou certo de que a noite ia dar ruim com força.

Em poucos minutos, a Jéssica estava dominando a conversa, como se acostumou a fazer em grupos pequenos, falando algo muito complicado sobre Bitcoin e a possibilidade improvável de uma reinvenção do sistema financeiro. Todo mundo parecia conhecer o assunto perfeitamente nas suas reentrâncias mais íntimas, menos o Marcinho e eu, que obviamente não fazíamos perguntas, só montávamos cara de sabido e tentávamos rir nas deixas certas. A Luana falou algo irônico e esperto sobre o custo energético da cadeia de blocos e fez geral rir, até a Jéssica. Eu, idiota que sou, marquei um ponto num placar imaginário.

A Luana não se intimida nem um pouco com acadêmico. Tem um jeito maravilhoso de sorrir sem mexer os lábios e de ridicularizar a pretensão da pessoa sem falar absolutamente nada. A pessoa fala algo pomposo sobre Agamben ou sei lá quem e ela só faz um ligeiro aprumo de sobrancelha, ou manda um "eita, ferro" que soa inocente mas deixa a pessoa parecendo o vilão de pulôver de um filme de Sessão da Tarde.

Eu amava a Luana com o furor de uma supernova quando ela fazia isso com gente babaca, mas ali eu fiquei com medo dessa disposição bater na quina da inteligência cancerígena da Jéssica. Imaginei o apartamento pretensioso dos amigos da Luana sendo devorado pelo buraco negro da treta entre as duas, relações rompidas pra sempre, pratos jogados na parede.

Mas elas se evitaram por um tempo, intervindo na conversa sempre quando outra pessoa estava falando, nunca olhando muito diretamente. Fui pro banheiro sem necessidade fisiológica, só pra gastar a gastura, explodir minha cara em feições grotescas e lavar o rosto. Quando voltei, as duas estavam de conversinha, amicíssimas, e o gringo tagarelava sobre futebol com o dono da casa, o Marcinho, uma das pessoas menos interessantes que já conheci (existem artigos de legislação tributária mais interessantes que o Marcinho). A conversa se alternava entre um inglês quebrado e um português quebrado, os dois tentando ser gentis e falar a língua do outro, que ambos sabiam mal.

Os dois tinham opiniões fortes sobre o Chelsea. Desempenhei um papel medíocre, mas aceitável de homem-que-conversa-sobre-futebol enquanto tentava escutar a conversa delas, sem sucesso. Primeiro achei que falavam sobre a revolução curda na Síria, uma obsessão da Luana. Depois achei que falavam sobre o aquecimento global, uma obsessão antiga das duas. Elas pareciam estar se atropelando, porém mais por entusiasmo que por discordância. Depois desisti de ouvir, achei que eu estava projetando assuntos em sílabas soltas.

Eu devia estar feliz, claro. Era cem vezes melhor que elas ficassem amigas do que tretassem. Mas eu sabia também que mulher lida com essas coisas de outro jeito, e minha já constatada falta geral de noção não me permitia julgar direito se estavam, de fato, simpatizando uma com a outra ou se havia algo mais sinistro correndo por debaixo.

O assunto do Griffin e do Marcinho agora era séries. *Game of Thrones*. Nunca assisti a nem um episódio, mas desempenhei bem meu papel graças à profusão de memes e à previsibilidade do entretenimento corporativo em geral. Dragões, zumbis de gelo. Iterações de fantasias medievais europeias se passando por imaginação. Final meio insatisfatório depois de expectativas criadas. Etc.

A Patrícia foi conferir algo na cozinha. As duas agora estavam falando mais perto uma da outra, se encostando. Ai que blusinha mais linda, esse tipo de coisa. Imaginei as duas se pegando, uma chupando o peito da outra, de repente, e apesar de a cena ser obviamente tesuda pra mim, me deu um medo do tamanho do mundo. Logo me veio a imagem das duas peladas fumando e rindo de mim. *E quando ele dá chilique porque a água do banho esfria? A voz oitavando? E quando ele acha que calculou o 10% de cabeça e caga tudo? Ele já te perguntou no meio do trem se ele próprio tava duro?*

A possibilidade das duas virarem amigas de fato começou a me parecer apavorante. O Marcinho me perguntou o que eu achava de alguma coisa, concordei de maneira vaga, os dois pareceram confusos. Pedi desculpas e admiti que estava distraído. Eles explicaram que estavam conversando sobre o Brexit. O Griffin tava muito preocupado com o crescimento do nacionalismo pelo mundo. Respondi que ele era branco e europeu, não tinha muito com que se preocupar. O Marcinho gargalhou, transformando minha provocação infantil e gratuita numa piada.

O jantar foi gostoso, a Patrícia e o Marcinho eram chatos, mas pelo menos cozinhavam superbem. No rearranjo da mesa, fiquei bem na frente da Jéssica, que fez perguntas protocolares sobre minha família, que eu respondi mas não retribuí. Ela contou que estava terminando o terceiro volume da série e que o primeiro agora ia sair nos Estados Unidos por uma puta editora universitária. Todo mundo a parabenizou, a Luana a mais efusiva de todas, enquanto nem registrei a informação. Ela me deixava apavorado igual cachorro em virada de ano.

A Jéssica deu uma explicada de leve sobre seu projeto, de um jeito muito mais solto e compreensível do que costumava fazer durante minha gestão. O Griffin com os olhos brilhando. Todo mundo parecia impressionado, claro. O Marcinho fez perguntas tolas que ela tratou da maneira mais gentil possível. Eu quase não a reconhecia, ainda que debaixo do verniz simpático estivesse a frieza inumana que eu conhecia. *Playboy retardado.*

O papo chegou no Griffin, que, além de matemático teórico promissor, tinha ajudado a criar uma cooperativa de crédito pra trabalhadores rurais na sua região da Inglaterra. Seus pais eram pequenos fazendeiros e ele trabalhou com eles até conseguir a bolsa pra Oxford. Por causa das suas origens, ele explicou, nunca deixava a matemática pura ocupá-lo inteiramente, embora fosse sua verdadeira paixão. Números são a realidade derradeira do cosmos, ele disse, mas o sofrimento da classe trabalhadora pelo mundo nunca o deixava esquecer de que maneira perversa a abstração era usada de maneira injusta pra aprofundar a servidão no mundo todo. Mas será — ele perguntava com o que pareceu ser um tesão genuíno — que os instrumentos derivativos rocambolescos que os matemáticos inventaram desde o fim da Guerra Fria não poderiam ser usados a favor dos trabalhadores? O trabalho da vida dele, então, era basicamente ao mesmo tempo entender as entranhas do universo e tentar usar essas entranhas pra reverter o reinado de exploração e pilhagem do capital.

Vai se foder.

Ninguém nem soube o que dizer diante disso, além de um "uau" genuíno da Luana que me deixou com mais inveja do que eu já estava. Terminamos de comer meio em silêncio, com resmungos protocolares sobre o governo.

A Patrícia tinha que dormir porque precisava viajar a trabalho bem cedo no dia seguinte. Quando terminamos de lavar os pratos, senti que o suplício tinha acabado, podia voltar a fingir que a Jéssica não existia e fazer o possível pra esquecer seu namorado ruivo e gênio que ia, sozinho, reinventar o crédito, entrar na cabeça de Deus e virar o capitalismo do avesso.

Cheguei pra Luana tentando fazer minha melhor cara de "ufa, acabou", quando ela virou pra mim, claramente excitada:

— Chamei eles lá pra casa, tá? Tá cedo, pensei que a gente pode tomar aquele saquê que você comprou.

Não consegui nem responder. Achei que ela estava tirando com minha cara. Não estava. Comuniquei meu desespero com os olhos, mas ela se fez de sonsa. Os dois já pediam um Uber pra gente dividir. Não tinha saída.

Não falei quase nada no caminho. O Griffin continuava gentil e simpático, pra piorar tudo. Conversando no seu português quebrado e fofo com o motorista do Uber sobre seu trabalho. A Luana e a Jéssica pareciam amigas de infância, uma contando anedotas sexuais pra outra em inglês no táxi. Coisa que a Luana nunca fazia nem com as amigas mais próximas. Expressei um muxoxo baixinho, ela se fez de desentendida. Eu falei, no meu inglês tosco, que não achava legal ficar falando daquelas coisas no Uber. A Luana respondeu de bate-pronto:

— Repression is at work everywhere *indeed*.

A Jéssica riu muito, como se já conhecesse a frase de efeito. Eu não sabia mais com quem eu morava. A noite seria interminável.

Chegando lá em casa, a Luana deu as únicas cervejas da geladeira pros dois e começou a cortar frutas pra tomar com o saquê. Griffin parecia um pouco constrangido, a Jéssica estava na sua distância gelada de sempre, impossível dizer o que ela estava achando da situação. Cogitei fugir. A Jéssica cortou o silêncio:

— Vou ajudar a Luana lá dentro.

Concordei. Ficamos, o ruivo matemático alto e eu, na minha sala. Ele olhando em volta os poucos livros e a decoração genérica, eu remexendo minha inadequação como se fosse uma meia molhada. Perguntou de novo o que eu fazia, como se já não o tivesse feito. Respondi de novo que trabalhava na empresa do meu pai. Ele percebeu que já tinha perguntado isso e pareceu envergonhado. Falei, não sem agressividade, que de fato não era algo interessante o bastante pra merecer a lembrança. Ele começou a olhar pros próprios pés.

Fui ao banheiro sem necessidade pela terceira vez na noite. Explodi minha cara no espelho, arranhei minhas coxas. Quando voltei, passei pela cozinha só pra encontrar as duas se beijando, a Jéssica sentada na mesa da cozinha de pernas abertas. Olhei por um tempo. Se beijavam com tesão, mas lentamente, sem pressa nenhuma, rindo até. Eu me senti extremamente desnecessário, o que eu de fato era. O mundo não precisava de mim pra nada. Admitir isso me deu de repente a leveza de um saco plástico (eu me via de repente com essa necessidade teimosa de me comparar com outras coisas, de ser qualquer coisa que não isso aqui). Peguei, de maneira discreta, um copo de saquê e um punhado de morango cortado, botei uns gelos. Elas não notaram, ou fingiram não notar. Fiquei imaginando se elas queriam uma intervenção ou não. Possível que não. De qualquer forma, eu não queria ter que ver o pau do matemático ruivo alto, que fatalmente seria maior que o meu (mesmo se fosse proporcionalmente pequeno ao seu corpo). Imaginei o cara transando com as duas e fiquei duraço. Ele devia ser um amante competente e atencioso. Passei pela sala, dei um joinha pro Griffin, que reagiu confuso, e deixei o apartamento. Imaginei os três desbravando mares, reinventando o dinheiro, o jornalismo, a compressão informacional como um todo, ajudando a emancipar populações inteiras com seus coletivos teórico-práticos horizontais. O esferoide gira no espaço frio em torno da explosão de plasma, a esperança continua aí, totalmente indisponível. Homem é de fato um bicho muito imbecil.

DOMÍNIO DE MELCHIZEDEK

Não são nem cinco da manhã ainda quando um som estridente horrível me acorda com um espasmo único pelo corpo todo. É meu celular vibrando no tampo de vidro da minha mesinha de cabeceira. Sei que ele faz esse barulho insuportável, por isso deixo aí de propósito sempre que vou dormir tarde e/ou bêbado e tenho medo de não acordar para o trabalho (meu sono sendo feito de chumbo).

Com exceção daquele retângulo brilhoso piscando, o quarto todo está perfeitamente escuro num casulo perfeito de cortinas cerradas e zumbido de ar-condicionado. É meu chefe ligando. Eu me lembro de repente, não sem praguejar, que sou assessor do ministro da Justiça da Guatemala para questões internacionais e que, portanto, o chefe me ligando tão cedo é o ministro. Eu o cumprimento com um bocejo que tento, sem sucesso, evitar, e ele diz, quase grita, que tenho de ir para o aeroporto imediatamente. Não me cumprimenta nem nada, sua voz parece tensa, quase gritada. Só agora que deixo o sonho onde estava até poucos segundos antes, tentando varrer minha antiga escola na companhia de jogadores de futebol já mortos. Com meus pés no chão, o peso do mundo nos joelhos, sinto-me de volta à Terra. Meu nome é

Geraldo Góngora, hoje é dia 18 de julho de 2019. Se dormi três horas, foi muito.

Começo a lavar o rosto, e as palavras do meu chefe vão se tornando mais estáveis. Tento prestar atenção, enquanto parte da minha cabeça já imagina só mais um pepino desagradável e pouco interessante como os vários que compõem a vida de um burocrata de estatura mediana nas entranhas do poder, como eu. Uma esposa esnobe de embaixador que chegou sem passaporte e quer entrar de todo jeito, algum filho de político pego com droga na cueca. Mas logo sinto uma tensão real e atípica na voz do meu chefe, Guilhermo Ariás, que costumava me transmitir ordens com uma mesma baforada cansada de cinismo indiferenciado e hoje me aciona como quem anuncia um incêndio no quarto ao lado.

A situação era a seguinte: no aeroporto internacional da Cidade da Guatemala, estava detido havia algumas horas um empresário norte-americano de nome Tim Inglewood. Um homem corpulento de suíças ruivas e camiseta havaiana, nariz de tomada, sorriso comprido numa cara faceira. Morador das Filipinas há quase dez anos, Inglewood chegou num voo fretado de jatinho particular, acompanhado de duas moças novinhas, naturais de lá, com cabelos tingidos de roxo e laranja. Seu voo ia para Belize, mas teve de fazer um pouso de emergência por causa do tempo.

O problema era que Inglewood não havia apresentado um passaporte regular ao desembarcar. Seu passaporte era emitido por um lugar chamado "Domínio de Melchizedek", um território unilateralmente declarado que quase ninguém reconhece, segundo a Wikipédia. O passaporte era de couro marrom e o bordado que ostentava o brasão do Domínio era ao mesmo tempo sofisticado e tosco, como se alguém tivesse modificado em alguns pontos, e de maneira apressada, um bordado antigo e minucioso que serviu a alguma outra função. Inglewood estava trancado sozinho numa salinha pequena de interrogatório da Polícia Federal desde a madrugada anterior. As duas moças tinham documentos regulares e não haviam sido detidas, estavam com um voo marcado de volta para as Filipinas na manhã seguinte.

Essa não era a parte tensa. A parte tensa era que Inglewood também era procurado havia duas semanas pelo FBI para esclarecimentos em relação à sua ligação com quatro massacres em escolas secundaristas que ocorreram no último ano nos Estados Unidos (um no Arkansas, um em Ohio, outros dois na Flórida).

Escutei uma versão resumida disso enquanto metia um *espresso* de cápsula para dentro numa golada só, escovava os dentes com três ou quatro esfregadas e jogava mais água no rosto. O ministro pede ainda que eu me informe melhor do caso de Inglewood antes de chegar lá.

— Não fale ainda com os americanos, espere chegar lá pra se inteirar de tudo direito, viu, antes de fazer isso. Mas cai em cima disso pra mim, hein? Por favor, Geraldo.

— Ok.

— *Agora.*

— Pode deixar, ministro.

Era sério, então. Nunca tinha ouvido meu chefe dizer "por favor" antes. Ariás parecia até *vulnerável* na ligação. Não posso deixar essa peteca cair de jeito nenhum. Peço um Uber até o aeroporto e vou lendo no celular tudo que encontro na imprensa nos quarenta minutos que durava o trajeto.

Foi isto que consegui captar e processar de cara: Inglewood era, fazia dois anos, dono de um fórum anônimo de discussão e imagens chamado 17chan. Esse fórum havia sido criado como dissidência de um outro fórum anônimo (12chan) já conhecido por conteúdo um tanto extremo e quase nenhuma moderação. Até 2016, o 12chan era apenas mais um site em que adolescentes entediados postavam atrocidades aleatórias de todo tipo. No entanto, em 2016, um extremista de direita usou o site para anunciar seu atentado contra uma mesquita em Boston. O público foi mais que receptivo, glorificando o terrorista e transformando sua cara em meme e suas frases em bordões durante semanas. Depois disso, a administração do 12chan mudou por completo sua política interna. Discursos de ódio e incitação direta à violência eram censurados, vários usuários com ofensas reiteradas foram expulsos. Seus donos deram várias declarações de que não concordavam e não apoiariam violência ou conteúdo extremista.

O 12chan já era, à época, um submundo da internet, um dos últimos cantos anônimos de verdade, numa ecologia dominada por grandes plataformas corporativas. Havia ali muita atrocidade, mas publicada sobretudo por adolescentes niilistas competindo uns com os outros para ver quem conseguia ser o mais ultrajante. Havia ideólogos racistas e extremistas religiosos bastante fervorosos, sem dúvida, mas também muita gente para quem Hitler e pedofilia eram itens de um horror vazio totalmente intercambiável como tantos bits. Eram gatilhos fáceis e disponíveis, as coisas que você posta para conseguir a reação mais extrema da maneira mais rápida. Boa parte do público fiel criticou a postura dos donos do site, falando que eram servos do establishment politicamente correto, que a liberdade de expressão estava morrendo em todo lugar.

Foi nessa época, em 2016, que o 17chan foi criado por um jovem coreano sexualmente frustrado, expulso do 12chan por celebrar repetidas vezes o atentado machista (mais especificamente: *incel*) de Elliot Rodger dois anos antes. O 17chan celebrava essa franja extremista de um jeito mais direto e deliberado. Seu lema, desde o início, ostentado na página inicial, era "Desculpa, te engatilhei?", pergunta feita por um sapo cartunesco de cara safada. No início de 2017, o 17chan teve problemas com a justiça coreana e mudou sua hospedagem para as Filipinas. É aí que Inglewood entra na história e acaba comprando o site. Por causa desses problemas legais, o site sempre teve dificuldade de arranjar patrocinadores, o que para a maioria tornava a compra de Inglewood quase inexplicável.

A ideologia média do 17chan era tão vaga e vazia quanto a do fórum anterior, mas a fúria ali dentro rodava tão eficiente e automática quanto na cabeça de um jihadista ou de um soldado norte-americano dos mais fanáticos. O site recebeu críticas de todo lado assim que surgiu, mas foi no início de 2019 que hospedou os anúncios entusiasmados de quatro atentados em escolas secundaristas norte-americanas. Os dois últimos no intervalo de um mês, maio a junho, ocorrendo no mesmo estado, a Flórida.

Massacres em escolas já eram, a essa altura do campeonato, um item tão tradicional da cultura norte-americana quanto torta de maçã ou beisebol, por isso se demorou um tanto para perceber o que havia de distinto nesses casos. De fato, nichos recônditos de pesquisadores e jornalistas de internet entenderam o que se passava muito antes da grande imprensa, a qual em grande parte demorou a perceber que aquelas conexões não se resumiam a papinho de arrobas paranoicas. Como quase sempre, os responsáveis pelos atentados eram homens brancos de classe média, apaixonados por videogame, enraivecidos com minorias e revoltados com feministas. Mas, dessa vez, todos haviam postado as mesmas hashtags antes de realizarem os ataques: #INCELRISING, #17CHANFTW.

Incel é o termo preferido dessas comunidades para descrever homens sexualmente frustrados. Quer dizer "celibatário involuntário". O termo é usado com cargas diferentes aqui e ali, mas, até onde eu sei, a narrativa mais constante é a de que, desde a revolução sexual e a emancipação feminina, o mundo seria dominado por uns poucos machos alfa que conseguem todas as mulheres, enquanto homens inteligentes e sensíveis não conseguem parceiras. Parece ser só um bando de moleque mimado que quer culpar o resto do mundo por não conseguirem comer ninguém. Alguns chegam a sugerir intervenção do Estado para garantir o mínimo de uma esposa para cada homem, e outras coisas estúpidas do tipo, outros só conseguem vislumbrar atos de vingança generalizada contra mulheres. Já haviam acontecido ataques como o de Elliot Rodger, mas, pela primeira vez, parecia que os atentados não só estavam reunidos num vocabulário comum, uma espécie de bandeira misógina radical demente, mas que haviam sido coordenados.

Isso por si só era alarmante. E havia quem dissesse inclusive que Inglewood, o dono do 17chan, teria uma rede secreta conhecida apenas por usuários dedicados e fiéis ao fórum, onde ele estaria incitando e coordenando ataques daquele tipo desde o início de 2019. Um dos sinais seria de que Inglewood teria manifestado seu desprezo pessoal pelo governador da Flórida, em mais de uma ocasião, pouco antes dos ataques. E sua postagem lamentando o ocorrido continuava sendo um ataque violento ao seu governo, segundo ele o verdadeiro culpado por tudo. O governador era republicano, mas Inglewood não o considera conservador o suficiente, em especial em relação à legislação de controle de armas.

Antes de comprar o 17chan, segundo uma reportagem recente da revista *Vice*, Inglewood era basicamente um estelionatário curinga da internet global. Tinha executado toda espécie de trambique disponível envolvendo o registro de endereços digitais cobiçados e a venda fraudulenta desses domínios, em geral para fins comerciais. Oferecia domínios dos quais não dispunha para empresas interessadas e sumia depois de receber o pagamento, chegava a empresas pequenas e grandes e as chantageava ameaçando criar sites-espelho das suas marcas, direcionando para conteúdo ilegal ou polêmico. Fez isso por anos e angariou uma pequena fortuna dessa maneira. Comprou uma fábrica têxtil desativada nas Filipinas e construiu uma fazenda de servidores especializada em hospedar tretas virtuais diversas. Seu modelo confesso era um norueguês que havia criado algo parecido dentro de um bunker nuclear, até ser fechado pela polícia. O negócio não deu tanto certo, pelo rastro financeiro que a revista conseguiu recuperar. Mas havia deixado Inglewood com muitos servidores ociosos quando o 17chan encontrou-se à procura de uma nova casa.

Inglewood também havia registrado mais de duzentos nomes de domínio com títulos que sugeriam pedofilia, mas, segundo ele próprio, havia feito isso apenas para otimizar as buscas por seu portfólio e para revender com lucro para pedófilos de verdade, sem nunca ter hospedado conteúdo desse tipo (de acordo com outra reportagem, ele teria dito a um amigo que "Na verdade, se você pensar bem, ao enganar esses trouxas, eu fiz mais para desestimular a pedofilia na internet do que muitos órgãos de controle. De nada!").

Ainda descubro, a partir de comentários laterais em alguns artigos, que há mais uma camada de insanidade no 17chan, um novo chamariz de usuários que surgiu nos últimos tempos. Uma seita conspiratória se formara ali dentro em torno de um usuário misterioso, chamado apenas "Sr. M.". A seita havia se espalhado muito além do site por meio de usuários que reportavam tudo nas plataformas mais populares, criando uma vasta, afobada e crescente tapeçaria paranoica de extrema direita. A administração do site não se manifestava sobre a conspiração, mas impulsionava a seita como podia. Fecho o celular depois de ler isso, já com dor de cabeça antes mesmo de chegar ao aeroporto. Percebo que não comi nada.

Por sorte, tenho algum interesse pessoal nesses assuntos abstrusos de internet, de modo que não tive tanta dificuldade de me situar dentro daqueles termos todos. Mas a coisa já parecia rocambolesca demais, e eu só sabia o *começo* da história até o momento. Tentava entender aquilo tudo a partir de matérias em inglês que lia numa tela pequena, enquanto o motorista do Uber dirigia em silêncio, com o ar-condicionado no máximo, atravessando descampados na via expressa e passando apertado por bairros de oficinas e lanchonetes, ambulantes e mendigos, um cenário habitual que já havia virado ruído de fundo e eu mal registrava na consciência.

O que será que meu chefe esperava? Agilizar a entrega de Inglewood às autoridades americanas por fora da papelada tradicional, para evitar publicidade, por algum motivo? O chefe do meu chefe, o presidente Jimmy Morales, já tinha recebido alguma pressão interna por se aproximar demais de Donald Trump. Se fosse só essa a tensão, o tom de Ariás não se justificava, ele estava preocupado demais. Já havia dado ordens mais irregulares que aquela sem se emocionar muito. Havia algo de mais tenso naquele caso, com certeza.

Assim que chego à área de segurança do aeroporto internacional La Aurora, sou recebido por um policial federal mais velho. Julio Cáceres, um homem de pele escura e cabelo já branco, um pouco gordinho, cara desalentada, pança explodindo seu terno bege surrado e suado. Julio tem a cara de que não está entendendo nada do que se passa e que está ansioso pela chegada de alguém para assumir a treta. Acho um péssimo sinal, mas empatizo de imediato com a figura.

— Sr. Geraldo, que bom que o senhor chegou. O gringo está na salinha aqui do lado. Ele fede. É um homem muito desagradável.

— Pelo que li, imagino que seja mesmo. Vocês já estão em contato com a embaixada americana?

— N-não. Seu chefe não o informou?

— Do quê?

Eu estava testando Julio, queria ver se ele sabia algo que eu não sabia. O homem só pareceu constrangido.

— A instrução é de não acionar os americanos. Não ainda.

— E por que não?

— Não lhe falaram? Ele está ameaçando a gente.

— Ameaçando? Como assim? Ele está detido, não está? Como é que vai ameaçar alguém?

Julio não responde, só dá de ombros, como quem concorda, mas parece tentar encontrar a maneira de dizer mais alguma coisa. Fico sem entender. Aquela história já está gastando minha paciência.

— Deixe eu falar logo com ele, então.

Entro na sala de detenção e encontro Inglewood recostado num banco com cara de exausto, olheiras trevosas, mas aparentando uma serenidade incongruente com a tensão dos agentes do lado de fora. Parece impaciente, talvez puto, mas ainda assim quase triunfante, como alguém que não tem absolutamente nada a temer. Tento assumir uma pose confiante e intimidadora na medida do possível. Na verdade, estou mais confuso e curioso que qualquer outra coisa. Conversamos em inglês.

— Bom dia, sr. Inglewood. Eu me chamo Geraldo Góngora.

— Bom dia, sr. Góngora.

— O senhor sabe por que está detido, não sabe?

— Meu passaporte. Vocês não gostaram muito dele.

— Não é questão de gostar, sr. Inglewood. Domínio de Melchizedek não é um país de verdade. O senhor deve saber disso. Por favor.

— O Vaticano também não é um país de verdade.

— Isso aqui não é um passaporte, sr. Inglewood. É um brinquedo.

— E, no entanto, o papa vai pra tudo que é canto. Eles têm banco e tudo mais.

— O senhor está brincando com a gente?

— De maneira alguma. Imagino que já tenham lhe informado dos meus termos?

— Dos seus termos? O senhor está detido num país estrangeiro sem documentos, sr. Inglewood, enquanto é procurado pela justiça do seu país. Não sei se entendeu bem a gravidade da sua situação. Me diga por que eu não deveria deixar o senhor detido ou, melhor ainda, extraditá-lo hoje mesmo para os Estados Unidos?

Inglewood escancara o rosto num sorriso extremamente desagradável.

— Eles não lhe falaram? Odeio me repetir, mas lá vai. Você vai me deixar entrar, sim. Senão seu país vai sentir a fúria dos meus meninos amanhã de manhã. Meus queridos garotos. É só eu estalar os dedos, ou deixar de estalar, no caso, e um adolescente metralha uma escola secundarista. O senhor tem filhos em idade escolar, sr. Góngora?

Tento não reagir, mas meu esfíncter trava. Apesar de não ter filhos, penso nas minhas duas sobrinhas que estudam em colégio particular e nos filhos de amigos meus. Mas acho que consigo manter a postura.

— A Guatemala não é os Estados Unidos, sr. Inglewood. Não vendemos arma em supermercado. Esse tipo de problema nós não temos, já bastam os nossos próprios. Sua ameaça parece o blefe desesperado de um homem acuado.

— Pode ser, pode ser. Mas eu recomendo que o senhor procure se informar. Entre no 17chan e procure pela palavra Guatemala. Pode ir lá, tenho todo o tempo do mundo.

Inglewood dá o mesmo sorriso debochado. Tento não esboçar reação, de novo. Não denunciar o medo que começo a sentir no baixo-ventre, lembrando de tudo que havia lido no carro.

— Se você acha que fazer ameaças vai melhorar sua situação, está muito enganado. Eu cheguei aqui doido pra resolver tudo rápido, pouco me importa o que acontece com o senhor, pra ser franco. Mas ameaçar minha família não vai te deixar melhor, sr. Inglewood. Pode ter toda certeza disso.

— Sr. Góngora, não sou um homem mesquinho. Não tenho nada contra o paiseco de vocês. Nada mesmo. Pra ser honesto, nem lembrava que ele existia. É só mais um bando de sílabas. Apenas me deixe voltar pro meu avião e pronto. Não estou pedindo nada demais. Não sou problema de vocês, mas posso virar. Minha rede é muito maior que eu. Não queira testá-la. Não adianta fechar as escolas. Ainda mais quando souberem que eu estou detido. O único jeito seguro pra vocês é me soltar.

Eu já estou puto com aquela criatura. Quero virar um tabefe naquela cara rosada e arrogante. Mas me levanto e saio da sala. Encontro Julio e dois agentes mais novos do lado de fora.

— Por que você não me avisou? Fiquei parecendo um idiota ali.

— Desculpe, senhor. Achei que teriam informado o senhor, não entendi direito. Não sabia nem se devia acreditar nele ou não. Não sei se ele está fazendo a gente de idiota.

— É tudo tão maluco.

—O que o *senhor* acha?

Os três me encaram como se eu tivesse uma resposta. Eu não tenho. Mas deveria de ter. Ou fingir ter. Tento me fazer firme e convincente com toda a consciência de que eu estou atuando.

— Olhe, deve ser um blefe, quase certeza que é um blefe, mas, pelo que eu li sobre esse cara, é possível que esteja falando a verdade. Vamos ter que dar uma conferida. É por isso que os Estados Unidos estão atrás dele, afinal. Foram quatro ataques neste ano que talvez ele tenha coordenado. Dois deles agora em maio e junho.

Os três se entreolham apavorados. Um dos agentes mais novos se vira para o outro:

— Eu te falei. Eu não falei? Eu te falei que era sério.

— Não é possível. Esse filho da puta tá mentindo. Ele não tá nem com o celular na mão, como ele poderia dar um sinal pra alguém?

— Ele me falou que vai ser protegido assim que entenderem o que aconteceu. Além disso, fez a primeira postagem antes de apreenderem seu celular e teria gente com instruções pra reverberar essa postagem em peso nos lugares certos.

— Metralhar uma escola? Que porra de mundo é esse?

Dois deles se benzem.

— Ele falou ainda que, se fecharmos as escolas, eles vão num cinema ou num shopping.

— Isso tem toda a cara de blefe.

— Você quer pagar pra ver?

O terceiro se benze. Só eu não me benzi agora. Completo o circuito, por superstição, imitando os outros.

— Tenho dois filhos na escola nesse momento, sr. Góngora. Já liguei pra minha mulher e ela tá desesperada indo tirar eles de lá.

— Calma, a gente não pode deixar isso sair daqui. Pela imprensa e pelos norte-americanos. Não falem com mais ninguém, viu? Não até o ministro autorizar.

Os três concordam. Eu pego o celular e abro o 17chan, tento buscar pela palavra Guatemala no fórum. A busca é limitada para quem não está logado no site, é possível ver apenas o início dos posts. Já na primeira página de resultados, encontro um post de "#INCELRISING #17FTW CHAMADO A TODOS OS HERÓIS INCEL DA GUATEMALA, O LEVANTE GLOBAL PRECISA DE VOCÊS. A HORA DA GUATEMALA CHEGOU. SE ATÉ...".

O post datava de cinco horas atrás. Pouco tempo antes de Inglewood ser detido. Minhas mãos já estão suadas, borrando a tela do celular. Penso nas minhas sobrinhas e no fato de que na Guatemala toda devia haver só um pequeno punhado de moleques de classe alta que frequentam esses sites e manjam desse vocabulário. O que pode diminuir as chances de um ataque acontecer, mas também aumentava um tanto a chance de o ataque envolver crianças que eu conhecia. Assim como de envolver crianças do meu chefe e de todo mundo que trabalhava comigo. A burguesia da Guatemala, como de todo país latino-americano, cabia num salão de festas, afinal.

Improvável imaginar algum moleque lendo aquele post de duas horas da manhã antes de ir para a escola, mas eu me lembro de ter catorze anos e varar madrugadas conversando com amigos no MSN. Vai saber.

Vou ao banheiro lavar a cara e depois ligo para o chefe. Explico a situação como posso, da maneira que a entendi. O ministro já parece ter se inteirado da ameaça e, ao que tudo indica, estava justo esperando meu parecer sobre ela para decidir o que fazer. Ariás tinha trinta anos a mais e era um absoluto analfabeto digital. A diferença entre Google, Facebook e a internet como um todo continuava parecendo elusiva mesmo depois de lhe ser explicada repetidas vezes. Essa história toda envolvendo Inglewood, então, seguramente devia lhe parecer um puta de um delírio.

— A situação é tensa, senhor ministro. Não vou mentir.

— Não me diga isso, Geraldo. Aí você me fode. Minha esperança era todinha de que você chegasse aí e me dissesse que era só blefe, que não tinha por que se preocupar. Foi por isso que eu não te adiantei direito tudo. Queria seu nariz aí medindo a situação. Aí você me quebra, Geraldo.

— Infelizmente não é o caso, sr. ministro. A situação não está legal. Acabei de encontrar no site desse filho da puta uma menção a ataques na Guatemala. O senhor sabe que ele é procurado por uma conexão com atentados desse tipo nos Estados Unidos. No momento, não temos como saber se há usuários do nosso país lendo aquilo. Sei que é absurdo, mas eu diria que a ameaça é no mínimo plausível.

— Não dá pra fecharmos logo essa porra desse site?

— Com decisão judicial, podemos sim, mas isso demoraria um pouco, e tornaria público, poderia contribuir mais pra divulgar do que pra censurar. Sem contar que os moleques conseguem burlar essas coisas, até onde sei.

— A gente pode fechar as escolas.

— É o que eu ia dizer agora. Ele disse que, se fecharmos as escolas, eles vão pros cinemas. Mas ainda acho que é a melhor coisa a fazer. É o mínimo, de todo modo.

— Mas vamos com calma, também. Ele não falou em que cidade, falou? Vamos fechar as escolas do país todo por causa de um merdinha desse? E aí ele vai pro cinema e a gente vai falar o quê? Vão achar que a gente é maluco.

— Podemos fechar os dois. Não precisamos explicitar o motivo, dizemos que é uma ameaça geral de bomba. Terrorismo?

— Talvez. Só no último caso. Já ficam em cima do meu saco por causa de tudo que é merda, qualquer mortezinha, e agora ainda me vem com isso. Puta que pariu, puta que pariu. Vamos pensar um pouco antes. E aí, Geraldo? O que você faria?

Demoro para responder. O ministro nunca havia me perguntado aquilo antes, em qualquer situação. Como não tinha ideia do que fazer, tentei pensar no que o chefe gostaria de ouvir.

— Digo isso a contragosto, senhor, mas, já que fechar as escolas parece drástico e ao mesmo tempo talvez insuficiente, eu diria pra botá-lo num avião o quanto antes. Esse pepino não é nosso. Não tem por que a gente pagar pra ver.

— Olha que eu também acho. Mande esse merdinha embora antes de os Estados Unidos descobrirem o que está se passando.

— Eles já devem até saber, imagino. Mas não têm como impedir um ataque, se for acontecer. Até eles entrarem em contato, a gente pode dizer que não teve opção.

Tamborilei na cadeira em que eu estava sentado. Era muito mais difícil medir a reação do chefe sem vê-lo.

— Mas pra isso a gente teria que ser rápido.

— Claro. Olha que isso é verdade.

— Eu não queria dar a satisfação pra esse gringo. Não mesmo. Mas não tem por que a gente correr esse risco à toa.

— Eu concordo, Geraldo. Você está certo. E eu tenho netas, você sabe. São a luz da minha vida.

— Sei sim, senhor.

Saio do banheiro, encontro Julio e os outros agentes do lado de fora, com cara de quem tinham escutado a conversa toda. O lugar era apertado.

— A ordem é liberar o sr. Inglewood. Boto ele dentro de um avião assim que ele confirmar que cancelou os ataques.

Eles não se surpreendem. Parecem até aliviados. Mas Julio tem uma novidade:

— Acabou de bater aqui na porta um americano. Diz que é da CIA. Mostrou aqueles distintivos e tudo.

— Nunca tinha visto um desses fora de filme.

— Muito novinho, é um menino de tudo.

Apontam para uma telinha que mostra as câmeras de segurança da antessala. Está sentado numa cadeira de espera um homem loiro e pálido, de terno. Mexe no celular com tranquilidade.

— Puta merda. Qual é o nome dele? — eu digo.

— Matt Gamon.

Olho para ele com uma cara incrédula.

— Eu não estou brincando, juro. Ele mesmo riu quando falou. Ele se chama assim mesmo. Matthew Gamon. Está no distintivo e tudo.

Todo mundo parece meio assombrado com o que ouve, quase como se tivessem pronunciado o nome de uma entidade sobrenatural. Vou encontrar o agente Gamon já engastado. Quero que aquilo termine o quanto antes, mas sei que talvez já tenham perdido o timing de resolver a coisa com simplicidade. Ao contrário do esperado, o sr. Gamon me cumprimenta pelo nome e em espanhol perfeito, antes mesmo de eu me apresentar. Tem bochechas rosadas, um queixo rechonchudo e parece ter doze anos, embora tecnicamente seja um adulto.

— Olá, sr. Góngora. Eu me chamo Matthew, é um prazer conhecê-lo.

— Prazer, sr. Gamon. Em que podemos ajudá-lo?

— Olhe, serei bem direto porque a questão é urgente e séria. Sei que vocês têm no seu poder no momento um cidadão norte-americano de nome Tim Inglewood. Correto?

— Correto.

— Sabemos que ele está sem passaporte regular, também. Você sabe que ele responde a alguns processos nos Estados Unidos, imagino?

— Eu sei, sim. E é verdade. Vocês querem extraditá-lo?

— Basicamente, sim.

— Imagino que conheça o processo. Não funciona chegando assim à Polícia Federal do aeroporto. Não somos uma república das bananas.

— Calma, sr. Góngora. Vamos com calma. Ninguém está falando de nada irregular, só queremos tentar controlar uma situação que é muito delicada, muito instável. A questão é urgência, só isso. Você sabe por que o sr. Inglewood é procurado?

— Sei, sim. As coisas do fórum dele. Os ataques nas escolas.

— Exato. Mas não só. Há coisas que infelizmente não posso contar aqui pro senhor, ao menos não agora. Mas precisamos levar o sr. Inglewood conosco, em caráter urgente, e isso precisa acontecer da forma mais discreta possível. Posso contar com sua colaboração, sr. Góngora?

— ...

— Sr. Góngora?

— Se você já sabe de tudo, deve saber a ameaça que ele nos fez.

— Não sabemos, mas podemos imaginar. Não seria a primeira vez.

— Pois então. Não quero ver uma escola da minha cidade amanhã com crianças mortas, sr. Gamon. Não quero mesmo.

— Compreendo.

— Não estamos acostumados com isso, como vocês. Com todo o respeito. E tampouco acho que a CIA possa nos proteger com isso.

Gamon parece incomodado com aquela frase. Mas mantém o tom polido e prestativo.

— Só acho que você devia pensar muito bem antes de tomar sua decisão. A agência, você deve saber, costuma reconhecer seus amigos e seus inimigos.

— Isso é uma ameaça, sr. Damon?

— Gamon. E de maneira nenhuma. É uma constatação. Eu não sou ninguém, sr. Góngora. Não tomo decisões importantes, só as comunico. Sou um funcionário público, como o senhor. Somos dois patriotas que querem apenas o melhor pro nosso país e nossas crianças.

— Sim. E no momento o melhor pro meu país é que esse sr. Asqueroso vá para o mais longe possível daqui e cancele os ataques que prometeu.

— Isso seria um erro, sr. Góngora. Esse homem é perigoso e precisa estar sob nossa custódia o quanto antes. Pro bem de todo mundo.

— Agradeço a preocupação, sr. Gamon. Mas acho que não temos mais o que discutir aqui.

Cumprimento o homem de forma abrupta, levanto abotoando meu próprio terno, como já vi gente confiante e decidida fazer em filmes, e saio da antessala com passos rápidos. Meu braço está tremendo quando apanho o celular no bolso.

Sei que devo ligar para meu chefe antes de prosseguir, mas a raiva que sinto nesse momento me faz tomar uma decisão súbita e inteiramente contrária aos meus costumes.

Aviso Julio e os demais agentes que liberaremos Inglewood o mais rápido possível. Entro na salinha de detenção para que eu mesmo possa avisá-lo da decisão. Inglewood assente com naturalidade, como se já esperasse aquela resposta, sua cara rapidamente sendo preenchida por uma satisfação presunçosa. Julio informa que o jatinho que levou Inglewood até lá já havia partido e que não voltaria à área comum do aeroporto, mas que poderia fretar outro ali mesmo. Inglewood diz que tem muito dinheiro em espécie na mala. Todos querem que aquilo tudo termine o quanto antes.

Acompanho Inglewood, escoltado por dois agentes, até a área de embarque privado do aeroporto. Outro agente fica encarregado de recuperar sua mala e seus outros pertences no depósito. Ficam numa sala de espera enquanto os agentes desenrolam o embarque com a empresa da maneira mais despachada possível. Inglewood tem a cara estampada de satisfação. Eu evito olhar para ele, para não me arrepender da decisão súbita.

— Você sabe o que é o Domínio de Melchizedek, sr. Góngora?

— Segundo a Wikipédia, é uma micronação de mentira usado por trambiqueiros como o senhor pra cometer fraudes bancárias. Parece um nome meio dramático demais pra um golpe tosco, não acha não, sr. Inglewood?

— Essa é uma versão simplista demais. Injusta. Sem imaginação nenhuma. O Domínio é um território real, na verdade. Tão real quanto qualquer outro. Até mais real que alguns. Tanto que vou embarcar nesse avião daqui a pouco, não vou? Você riu do meu passaporte, mas no final das contas ele vale, sim. As fronteiras antigas acabaram, sr. Góngora. Ou melhor, estão aí, mas não contam a história inteira. Soberania agora não é só questão de tanque de guerra e bota no chão. É também questão de servidores e cabos submarinos de fibra óptica. De memes e dos seus rebanhos. E eu tenho um pequeno país. Um país espalhado pelo mundo, mas um país. Um principado, digamos. Esse passaporte é apenas uma representação simbólica disso. Tenho súditos e movo multidões com um gesto do pulso. Uma mudança de parâmetro e eu envio milhares de lêmingues numa direção ou em outra. Esse é seu mundo agora, sr. Góngora. Não há mais volta pro antigo. Sabe o que significa Melchizedek segundo o Zohar? Quer dizer "aquele que reina com soberania total".

Não respondo. Não quero encorajar aquele papo de doido com uma resposta. A cada dez minutos, pego o celular e abro o *Prensa Libre*, um site popular de notícias nacionais, com medo de encontrar uma manchete tenebrosa ou fotos de crianças mortas. Mas não encontro, ainda bem. Só as desgraças de sempre. Olho para cima e me benzo de novo (coisa que nunca faço). Só quero que tudo termine o mais rápido possível. A vontade de estapear o americano é enorme, mas nunca foi meu estilo.

— Cadê seu celular? Quero que você delete agora aquele post. Você já enrolou demais.

— Foi apreendido pelos seus colegas quando me pegaram. Mas só vou fazer isso quando estiver na porta do avião, obrigado. Preciso de alguma garantia. Não sou idiota, sr. Góngora.

— Tem como recuperar o celular dele, gente?

— Deve estar com a mala, o Miguel logo chega com tudo.

— Se tiver como falar com as garotas, também.

— Eu acho que elas foram embora.

— Pra onde?

— Não tenho ideia.

Ele parece incomodado com essa informação. Dois dos agentes saem para agilizar o regresso da mala. Ficamos só Inglewood e eu lá com duas funcionárias da empresa de táxi aéreo, que cochicham entre si enquanto mexem no computador. Assim que as duas dizem que vão liberar o jatinho, recebo uma ligação do meu chefe. Por um segundo, considero não atender. Mas atendo, claro.

— Geraldo, Geraldo, por favor. Me diga que ele não saiu ainda.

— Não saiu, senhor. Está aqui comigo.

— Puta que pariu, Geraldo. O americano não falou contigo?

— F-falou, senhor. Mas eu achei que...

— Achou porra nenhuma, caralho. Achou o quê? Devia ter me ligado, né, porra. Se os americanos estão aí a coisa muda de figura, *é evidente, né, porra.*

— Mas os ataques...

— Os ataques a gente não tem certeza se vêm. Os americanos a gente sabe muito bem que eles vêm, a gente sabe o que eles fazem. Você quer uma dobradinha de 54? Quer voltar para aquele inferno dos anos 1980? Eu não quero, não, muito obrigado. Puta que pariu, né, Geraldo. Pu-ta que pa-riu. Entrega esse bostinha logo pra eles e a gente reza pra dar tudo certo. Tu não sabe da relação do Jimmy com o Trump? Quer que venham comer meu cu depois por uma merda dessa? Acha que está onde? Tu acha que é quem?

Concordo com um balbucio. Inglewood olha para mim com uma cara alarmada. Os agentes também. Eu não gosto de ser desautorizado na frente dos outros, mas o lado bom daquela reversão é ver o medo tirar o sangue todo daquela cara rosada e fornida de uma vez só.

— Vamos ter que entregá-lo. Alguém encontre logo a porra do Matt Damon.

Não é difícil, ele não foi longe. Logo aparece ali na zona de aviação privada, acompanhado de Julio, com um sorriso cretino e simpático, tomando de canudinho um copo gigantesco de café gelado. Já chega informando que Inglewood será levado de helicóptero dali mesmo para uma base militar norte-americana em Honduras. Acho estranho que não seja levado direto para os Estados Unidos. Mas não falo nada. Uma vez, já havia escutado algumas coisas cabeludas sobre aquela base de um diplomata mexicano bêbado e umas piadas aqui e ali de militares, mas sempre achei que deviam ser só rumores. A Guerra Fria acabou faz tempo, a preocupação dos Estados Unidos na área parecia ser mais com narcotráfico do que com qualquer outra coisa, até onde sei. Chego a cogitar por alguns segundos enfiar aquele gringo numa sala e espancá-lo até ele deletar o post. Mas como fazer isso com o americano ali lambendo calda de chocolate do seu canudo?

Eu acho que meu trabalho aqui já acabou, mas quero ficar até o fim, quero me assegurar pelo menos de que sei o que aconteceu, não quero ter de responder por algum deslize depois. Todos ficam mexendo no celular sem parar, esperando o helicóptero. Exceto Inglewood, que está algemado e cujas pernas estão quicando no chão. Noto que Julio sai pra atender uma ligação da esposa. Ele está certo de temer pelos filhos. Penso em mandar uma mensagem pra minha irmã, mas não sei como lhe explicaria a situação. A gente não se bica muito, ela só ficaria confusa, talvez espalhasse a notícia e fizesse a coisa crescer mais. Uma imagem da minha sobrinha tendo o rosto explodido aparece duas vezes na cabeça, tento enfiá-la bem no fundo da consciência.

Até consigo suprimir a imagem, mas logo começo a lembrar das tensões antigas do país por causa dos comentários do ministro. Eu era só uma criancinha nos anos 1980, mas me lembrava de ver eventos escabrosos nos jornais da época, eventos que eu mal entendia e que no fundo eram tão sinistros que ainda sinto que jamais consegui entender de verdade. Não mais do que qualquer um consegue entender esses extremos da raiva e da insanidade coletiva. A embaixada espanhola queimada com os Kíché dentro, chacina atrás de chacina, a sucessão interminável de golpes. Os generais trocando de quepe enquanto o povo quase sempre se fodia no início, no meio e no fim das aventuras e das lambanças, tanto internas quanto externas.

Temos de esperar algumas horas por ali até chegar o helicóptero norte-americano. Gamon recusa o frete de algum avião local e deixa claro que Inglewood sairá num veículo deles. Ele e Inglewood evitam olhar um para o outro. O clima é de constrangimento geral. O jovem agente sai da sala para atender a uma chamada que parece vir de um superior. Todo mundo tem os seus, afinal.

Inglewood está cagado de medo. Vira para mim e diz que, agora, sim, ele vai contar toda a verdade, que não tem mais opção. Fala acelerado, como se quisesse correr com a história antes de o agente retornar. Não sei dizer se o tom tresloucado vem do desespero ou se ele está inventando aquilo tudo na hora. Tento manter um rosto neutro. Aquilo prometia ser inusitado, no mínimo. Inglewood diz que não é por causa dos atentados que a CIA está atrás dele. *De jeito nenhum*. O FBI está à sua procura por causa disso, essa parte é verdade. E até com razão, ele diz, rindo de maneira histérica por meio segundo e cortando abruptamente. Mas não é por isso que ele está sendo levado agora.

Com os olhos injetados, os dentes trincando, Inglewood diz que havia inventado uma história mirabolante dentro do seu próprio fórum, com a ajuda do filho, e que estaria há mais de dois anos manipulando um bando de malucos ali dentro por meio de um usuário misterioso chamado "sr. M" (que era ninguém menos que ele próprio). Ele mesmo chama seus seguidores assim, "malucos". Eu rio, por um instante, de nervoso, e Inglewood puxa a manga da minha camisa.

— É o trabalho da minha vida — ele diz. — *Minha obra-prima*.

Retiro com calma a mão de Inglewood da minha manga, olho para ele com gravidade. Inglewood recua, mas continua contando a história num ritmo alucinado, quase gritado.

Desde sua primeira postagem no fórum, o sr. M se anunciava como um membro do alto escalão do aparato de defesa norte-americano, e que por isso teria muitas informações internas privilegiadas. Não dizia se era militar, se era de uma das agências de três letras, mas essas eram as suposições mais frequentes dos seguidores. O grupo que se formou em torno das suas postagens veio a se chamar "The Book of M" ("O Livro de M"), e se agarravam a tudo que o usuário dizia como se fosse uma revelação divina.

Descortinando as mensagens crípticas do sr. M, preenchendo as lacunas com uma imaginação coletiva vívida e selvagem, seus seguidores propagavam uma teoria da conspiração alucinada em que o Partido Democrata faria parte de uma seita satanista e pedófila entranhada há anos em Wall Street e Hollywood, com seus planos nefastos comunicados em códigos e relances crípticos para os membros da indústria de entretenimento. E isso era só o começo. O grande tchans da coisa toda é que o presidente Trump teria sido escolhido, finalmente, para desmascarar aquela farsa, pois só ele tinha a integridade e a coragem necessárias para derrubá-los com ajuda de uma força-tarefa secreta composta de agentes e membros seletos das Forças Armadas. Na prática, o movimento todo era basicamente uma reunião de incontáveis direitistas paranoicos e desequilibrados em torno de uma miríade sortida de trambiqueiros de quinta categoria.

Ali, em julho de 2019, Inglewood já tinha alguns *milhões* seguindo suas pistas e suas histórias. Assim como em quase qualquer outro meio expressivo, sucesso nos Estados Unidos significa sucesso global. O grupo crescia de maneira vertiginosa a cada mês, australianos e poloneses e tailandeses criando suas agremiações locais com entusiasmo. Já borbulhava nas sopas pré-bióticas de todas as grandes plataformas corporativas com novos canais dedicados ao assunto surgindo todo dia. Chegava a milhões de pessoas que nunca passariam perto do seu fórum e que ainda assim tomavam como evangelho tudo que ele postava.

E, desde o ano passado – isso era o crucial –, Inglewood fazia isso com colaboração direta de membros altos do gabinete de Trump. A sinergia entre "O Livro de M" e o Trumpismo começou um tanto espontânea. Algumas sugestões despretensiosas de Inglewood foram expandidas pelo séquito sôfrego e seus oportunistas até transformarem Trump num herói santo e extremamente sofisticado que estava planejando uma cartada de mestre que acabaria de uma só vez com toda a elite espiritualmente corrupta da nação.

Pessoas envolvidas com a estratégia de comunicação de internet do presidente, e com sua reeleição, logo notaram que podiam usar aquilo a seu favor. Inglewood percebeu esse interesse nas redes e conseguiu fazer chegar a verdade àquelas pessoas. Começaram a coordenar as postagens de acordo com necessidades pontuais do governo de desviar ou concentrar a atenção em algumas coisas.

Inglewood *tinha certeza* de que era por isso que estavam atrás dele agora daquele jeito. Até poucas semanas atrás, Inglewood era um amigo próximo e discreto da cúpula do governo federal norte-americano. Tinha acesso real ao poder como poucos. Mas sabia que se complicara feio, havia se exposto demais com a história dos massacres. Não conseguiu se segurar. O fórum borbulhava por conta própria, ele só canalizava aquela energia. Foi longe demais, tudo bem, mas quem não iria no lugar dele? Quem conseguiria se controlar tendo esse poder todo? Ele realmente pergunta isso para mim. Não respondo.

Se a história dos atentados às escolas dos últimos meses fosse realmente investigada a sério, poderiam acabar chegando a essa sua ligação com membros do governo. É claro que não deixariam isso acontecer. Jamais. Num ano de eleição, ainda por cima? Por isso Inglewood sabia que iriam matá-lo e que o fariam hoje mesmo.

— Eu sei demais, sr. Góngora. Eu sei demais. Se vocês me protegerem, eu cancelo os ataques, eu... eu faço o que vocês quiserem. Tenho milhões em Bitcoin, passo pra vocês três agora mesmo. É só me devolver o celular. Qualquer coisa. Você tem algum inimigo? Me diga o nome completo e onde ele mora que eu ponho conteúdo pedófilo no nome dele em questão de horas.

Olho bem na cara daquele homem estranho e exasperado. Inglewood parece estar dizendo a verdade, pela primeira vez. Por mais absurda que seja a história. Eu já sabia da existência da seita e por isso não duvido tanto do resto. Que Inglewood fosse o criador dessa história toda não era *muito* mais maluco do que tudo que eu tinha ouvido até então. Ainda assim, não digo nada, decido ignorá-lo. Não tenho nenhuma vontade de ajudá-lo e nem teria meios se quisesse. O celular dele tampouco voltaria a tempo para que cancelasse os ataques, mesmo se aceitasse fazer isso. Abro de novo o site do *Prensa Libre*. Nada, ainda bem.

Quando Gamon volta, Inglewood se cala e continua me olhando com os olhos ardentes, esperando uma reação. Não vem nenhuma. Penso em pedir pelo menos para Gamon esperar o regresso da mala com o celular para que eles convençam Inglewood a deletar a mensagem, postar algo cancelando os ataques. O pedido seria mais que razoável, mas não consigo me forçar a pedir favores para aquele moleque e sua agência arrogante, não consigo me pôr naquela situação diante dele. Seria humilhante demais. Enquanto formulo variantes de um pedido servil na cabeça, ouço Gamon falar para alguém no telefone que o celular de Inglewood já estava em posse da equipe forense. Então pronto. O helicóptero chega e homens fardados e silenciosos levam Inglewood para dentro em questão de minutos.

Julio, eu e os demais agentes nos entreolhamos com cara de cansados quando Gamon enfim se despede e tudo termina. Eu ainda não comi nada hoje e já são quase duas da tarde. Só quero chegar em casa e dormir. Ligo para meu chefe e informo tudo que aconteceu, sem relatar a história esquisita de Inglewood. O ministro parece aliviado e diz que está considerando inventar alguma desculpa para fechar todas as escolas do país amanhã, mas insiste que vai ser difícil inventar algum motivo sem que a história se esparrame para todo lado. Sem criar um pavor generalizado na população. Ele continua arrastando esse motivo e adornando-o com problemas, como quem o achasse incontornável. Eu ouço em silêncio, achando a indecisão dele uma covardia incrível, mas não sei nem o que dizer. Até porque já aprendi que, depois que o ministro toma uma decisão, tende a receber opiniões contrárias com pedras. De fato, depois de convencer a si mesmo, num monólogo, que no final das contas aquela ameaça era ridícula demais, inacreditável demais, para virar o país de cabeça para baixo, o ministro acaba por não fazer nada.

No dia seguinte, a cidade da Guatemala acorda para o primeiro atentado a escola cometido por um adolescente em toda a sua história. Cinco crianças mortas, inclusive o atirador, um jovem introvertido chamado Juan Carlos Verón, de dezesseis anos, que teria roubado duas pistolas no quarto do pai durante a madrugada. Disse que fazia isso em nome de todos os *incels* e de todos os cristãos do mundo. Concentrou-se em matar algumas das pessoas menos brancas da sua sala, três garotas e um garoto. Eu vi as paredes manchadas de sangue, mas não tive estômago de abrir as outras fotos, embora tenham sido enviadas várias vezes ao meu celular por familiares e amigos.

Nenhum jornal importante do país conectou a história com posts que apareceram no fórum 17chan na madrugada anterior. A associação ficou restrita a alguns poucos jornalistas e pesquisadores que escreviam sobre tecnologia. Vi a postagem no fórum e não a compartilhei com ninguém. Dois dias depois, Inglewood foi encontrado morto em Belize num laboratório de uma facção criminosa dominante na região. A explicação que mais reverberou é de que teria brigado com seu sócio, um ex-investidor de tecnologia da Califórnia que havia pirado anos antes e se misturado com traficantes locais. Alguns poucos jornais apontaram inconsistências evidentes na história, mas ficou tudo por isso mesmo. O fórum 17chan continuou operando, não se sabe sob que administração. A seita do "Livro de M" ainda cresce, mesmo tendo seus nódulos extirpados das plataformas dominantes, como se fosse uma praga pestilenta, de quando em quando.

Não menciono nada disso a meu chefe e tampouco aos agentes do aeroporto. Saí de todas as redes sociais naquele dia e nunca mais voltei, nem quis voltar. Comecei a ter pesadelos recorrentes com fóruns fascistas em que concorrem imagens de adolescentes mortos, polvos nazistas, ursos pedófilos. Eu vejo tudo correndo em galpões enormes com servidores sem fim. Corredores e corredores onde o ódio pode correr em esteiras e treinar pra ficar maior. Passo a rezar todo dia, antes de dormir. E a me benzer quando abro as notícias no celular ao acordar. Pouco tempo depois, sou promovido a assessor-geral do ministro, o posto mais alto da carreira.

O SR. DENNER VOLTASSO NÃO ENTENDE

O sr. Denner Voltasso não entende. Se aquela moça de cabelo curto tinha na cena anterior falado para o rapaz que iria encontrá-lo naquele apartamento onde mataram o jornalista, como é que eles agora estão conversando normalmente e ninguém suspeita de nada? Talvez esta seja a outra moça de cabelo curto, ele pensa. As duas parecem meninos. O filme é confuso demais, ele desiste e bota no VT de um jogo de futebol do seu time, Palmeiras. Acha sempre melhor assistir quando já sabe que vai vencer.

O sr. Denner Voltasso é acusado de fraude envolvendo sindicatos, ONGS, fundos de pensão e contratos de limpeza urbana. Comparece aos tribunais e explica que tudo aconteceu muitos anos atrás, mal se lembra que bobagens eram aquelas. Conta algumas piadas. Todos são muito compreensivos, ele tira fotos com algumas senhoras aposentadas e ganha uma caneta comemorativa do Dia do Índio de uma criança muito educada. Elogia a beleza e a elegância de uma jornalista que vem entrevistá-lo, tenta chamá-la para dançar, não entende de onde vem aquela reação. Tanta braveza num rosto tão lindo.

Toda quinta-feira, o sr. Denner Voltasso encontra seus amigos Nêumer Chumaça, Orosimbo Patriota, Jêander Colberi,

Jader Torrazmo, Tarso Varjão (entre outros) para tomar uísque no bar do Hotel Continental. Eles tomam uísque e discorrem sobre suas potestades derrubadas, as injustiças do tempo, a tibieza dos seus herdeiros, a vileza de mulheres e namoradas, a derrocada da moral e da nação.

Decidem formar uma pirâmide humana de doze metros, um bicho composto com pernas e braços. Uma criatura terrível que percorre de maneira preguiçosa o Setor Hoteleiro Norte por algum tempo, revirando caçambas e aterrorizando mendigos e cachorros. Um destacamento da PM e dos bombeiros fica acompanhando de longe para evitar maiores problemas. E realmente acabam matando só duas pessoas.

O sr. Denner Voltasso não dorme há vários meses. Não existem interrupções entre seus dias, o sol e a lua só trocam de lugar rapidamente como comediantes. Seu psicólogo lhe informa por telefone que o dia é a unidade básica da vida do homem, que todo dia nós morremos e renascemos e estabelecemos com isso ciclos, unidades mínimas da narrativa mítica da nossa vida. O sr. Denner Voltasso passa a encenar a cada trinta horas sua morte e seu renascimento, com o auxílio de cortinas, tintas, odores especialmente preparados. Com o tempo, ganha a literal impressão de que é imortal.

O sr. Denner Voltasso liga a televisão. Um jogo do campeonato holandês decorre tremendamente, com muita urgência e entusiasmo transmitidos pela rapidez furiosa dos jogadores e a jovialidade jocunda do locutor. Um jogador norte-africano tem a testa encostada na testa de um jogador do Leste Europeu, depois de um carrinho duro cometido por um deles. O sr. Denner Voltasso desliga de imediato a televisão, tenso, precisa encher a pia da cozinha com água fria da torneira e manter ali a cabeça submersa por diversas horas.

O sr. Denner Voltasso decide que hoje vai dirigir ele mesmo um dos seus carros. Pilota com vagar e sem rumo por horas. Percebe numa placa o nome do complexo rodoviário Nêumer Voltasso, construído durante sua administração, décadas atrás, em homenagem ao seu pai (governador de Tocantins ou de Goiás, ele não se lembra mais). Dirige em círculos pelo complexo, seus viadutos entremetidos, suas rachaduras visíveis, seus trechos interditados, suas passarelas, seus nós de empacada circulação. Parece impossível que exista algo tão complexo, um testemunho tão extraordinário do engenho humano. Ele precisa estacionar o carro para chorar adequadamente. Os outros condutores atrás dele são bastante compreensivos.

O sr. Denner Voltasso escreve no seu papel timbrado cartas para seis escolas de samba com a proposição de que "Agrobusiness" seja o tema de um próximo samba-enredo. Sabe que está tarde demais para o ano que vem, mas quem sabe para o próximo. Decide começar ele mesmo os trabalhos de um dos carros alegóricos. Com arame e papel machê, constrói uma espiga de milho do tamanho de um carro, ocupando quase toda a sua sala de estar. Gasta duas semanas para terminá-la, mesmo com o auxílio de dois assistentes do Senado Federal (gentilmente emprestados por um amigo querido). Mas o sr. Voltasso se preocupa, não está satisfeito. Não sabe se conseguiu sugerir de modo adequado a plurívoca vocação do milho. Estapeia alguns dos seus funcionários para extravasar.

O sr. Denner Voltasso, anos atrás, comprou um livro sobre técnicas mnemônicas.

Achou tudo muito confuso, mas importante. Grandes líderes históricos certamente teriam se utilizado delas, dizia o livro. Sua casa possui dezenas de pequenos teatros de fantoches onde ele encena momentos da sua própria vida ou dramas simbolicamente figurativos de sistemas de fatos que ele deveria lembrar. Com alguma frequência, repete os procedimentos para a recuperação da Guerra do Paraguai, ou de anedotas da sua maturação profissional. Inteiras cadeias de eventos remidas apresentadas ali diante dele como se estivessem acontecendo hoje. Hoje ele bebe um pouco no almoço e se sente com vontade de lembrar como foi seu terceiro casamento (com a personal trainer Fabíola de Menezes). Retira do sótão uma caixa, decora suas falas por toda a tarde e faz antes do jantar uma performance considerada brilhante por todos os presentes. Quando chega ao terceiro ato, tenta atear fogo a quatro dos bonecos representando os advogados do divórcio e precisa ser acalmado com dardos sedativos.

O sr. Denner Voltasso não consegue lembrar se havia sido, durante o final da década de 1980, senador da República ou ministro das Relações Exteriores. É importante que ele lembre, ou de outra forma não saberá como completar o desenho de si mesmo que passou a manhã fazendo com giz de cera e canetinha. Só a reprodução estilizada do seu nome, cercada de raios e arabescos, tomou mais de uma hora. Decide que ele pode muito bem ter sido as duas coisas.

O sr. Denner Voltasso se demonstra muito preocupado com os rumos políticos do país, principalmente com a proibição de fumar em aviões. Escreve cartas para os jornais invocando o espectro do totalitarismo e estabelecendo diversos paralelos com Hitler, Goebbels e os primeiros passos do Nacional-Socialismo. De fato, uma ditadura nazista se instala no país nas semanas seguintes. O sr. Voltasso, triunfante, escreve editoriais nos quais é "jocoso mas também magnânimo".

O sr. Denner Voltasso decide vestir todas as suas condecorações de uma só vez. Para tanto, pede que seu assistente Temístocles consulte o livro *Como usar condecorações*, que ele sabe que deve estar em algum lugar no sótão. Temístocles, tendo morrido há dezessete anos, não responde. A criatura que está lá sendo interpelada, e que é um cachorro, mastiga com brio o braço de uma poltrona. O sr. Voltasso percebe que é preciso anexar um segundo paletó ao primeiro para estender sua área condecorável e poder, assim, usar todas as medalhas ao mesmo tempo. Isso toma uma tarde inteira de trabalho de duas funcionárias.

O sr. Denner Voltasso tem dores na batata da perna e no braço, os músculos parecem pulsar involuntariamente, ondular debaixo da sua pele como toupeiras debaixo da terra. Ele entende que é imperativo escolher uma gravata, dentre tantas. Azuis com listras, prateadas, pretas com padrões pequenos (que parecem ser abstratos, porém, sob inspeção mais cuidadosa, se revelam pequenas flores de lis), quadriculada em listras suaves e sutis sobrepostas de rosa e azul, puramente amarelas. Todas as possíveis implicações simbólicas e heráldicas turbam as águas do seu córrego mental.

O sr. Denner Voltasso chora, por um instante entendendo ser literalmente impossível que uma gravata se imponha como definitivamente superior às outras. Entende que apenas a eliminação material de todas as gravatas exceto uma (eliminação a ser realizada através do fogo) permitiria uma escolha aceitável. Para isso, será necessário antes apanhar todas essas gravatas do chão. O que se demonstra não só difícil como impossível.

PEDRO GUSTAVO, AUTOR DE *FICÇÕES*

1

Pedro Gustavo amava a obra do escritor argentino Jorge Luis Borges, em particular o volume *Ficções*, mais do que amava qualquer outra coisa. Embora gostasse de ler desde pequeno, jamais havia sentido prazer de verdade com um livro de literatura dita séria até os dezenove anos, em 1999, quando encarou esse livro pela primeira vez. Até aquele momento, já havia engolido alguns romances de autores tidos como importantes (Dostoiévski, Machado de Assis, Gabriel García Márquez) e no máximo havia extraído algumas páginas e poucos momentos de prazer genuíno. Não foram experiências ruins, tinham lá sua graça, mas no todo a coisa era bem mais uma espécie de obrigação chatinha que se realizava porque lhe diziam que aquilo fazia bem, abdominais para a cabeça. Não era algo que a gente consome porque gosta e pronto, como filme, música, quadrinhos e programas de televisão.

Com *Ficções* foi diferente. Quase todos os contos lhe deixaram com uma tremenda excitação mental. Não entendeu tudo na primeira leitura, alguns termos e ideias ainda lhe pareciam distantes e misteriosos, mas de um jeito instigante, e não do jeito mofado e ameaçador que sentia encontrar em outros livros antigos quando não os entendia (em particular, os de poesia, que pareciam todos escritos ou por uma pessoa de suspensórios com ovo na boca, ou por um babaca pretensioso que se diz *intenso*).

Os contos ali, ou pelo menos a maioria deles, eram como os filmes favoritos de ficção científica de Pedro Gustavo, ou os artigos da Wikipédia de casos misteriosos que ele encontrava de madrugada, ou os quadrinhos que ele descobriu com seu primo de Governador Valadares (*Watchmen* e *Os invisíveis*). Um prazer um pouco difícil no primeiro contato, mas prazer e pronto, sem muita enrolação (ao contrário de quase todo romance). Um prazer concentrado que o fazia sentir que havia adquirido poderes, ainda que não soubesse que poderes eram esses e muito menos como poderia dispor deles de novo (além de reler os contos).

Pedro Gustavo envelheceu e jamais voltou a encontrar aquela sensação, exceto ao reler o mesmo livro. Foi atrás de escritores considerados parecidos ou influenciados por Borges e chegou a gostar muito de alguns deles, mas nada jamais lhe propiciou a mesma experiência de descoberta, de acesso a um novo patamar de realidade, que *Ficções* havia propiciado.

Suas circunstâncias familiares favoreciam a busca pelo trabalho acadêmico (dois pais professores, a mãe em botânica, o pai em história). O momento político também, com muitas vagas surgindo nas federais. Foi se tornando assim linguista e acadêmico, sem muito entusiasmo, quase por acidente, um professor mais ou menos competente, mas pouco apaixonado pelo que fazia. Em 2008, passa num concurso na universidade de São Carlos. Namora muito raramente e nunca chega perto de se casar, mora com dois gatos até que os dois morrem e não se anima a arrumar outros. Passam-se anos e uma série de coisas não relacionadas ao curso da história acontecem.

Até que, em 2017, Pedro Gustavo consegue obter uma concorrida bolsa de pós-doutorado com um projeto ligado a linguística e inteligência artificial, que é selecionado dentro de um programa interdisciplinar de orçamento polpudo da Universidade de Frankfurt com outras duas instituições.

O programa muda de cidade a cada dois biênios, no momento sendo sediado em Lausanne, na Suíça, até 2022. Uma das cinco linhas de pesquisa do programa pretende fazer uso experimental de redes neurais de *deep learning* (ou *aprendizado profundo*) dedicadas a processamento e criação de linguagem natural, em especial de linguagens altamente especializadas (como a literária e a acadêmica). O componente interdisciplinar, que era o grande diferencial do projeto, envolvia trazer especialistas de linguística e de literatura para interagir com programadores e matemáticos.

Pedro Gustavo chega lá então na condição de linguista que tinha bagagem em literatura e algum conhecimento de programação (mas só a primeira dessas coisas era de fato verdade). Assim que chega, conhece seus dois parceiros imediatos no projeto. Oliver é um alemão alto, loiro e magro de olhos esbugalhados e expressão sempre séria, enquanto Vasyly é um ucraniano baixinho de olheiras fundas que está sempre resmungando e amassando e desamassando os papéis em que toma notas. Oliver é o supervisor dos dois, mas não gosta de estar nessa posição e parece sempre prestes a pedir desculpas por ela. Já Vasyly parece se achar mais inteligente do que os outros e não tem medo algum de demonstrá-lo.

No primeiro dia, os três vão a um bar perto do instituto de pesquisa para que Pedro Gustavo receba uma espécie de resumo sobre o que eles têm desenvolvido até o momento. Pedro Gustavo está muito animado com o projeto e por isso tem medo de desapontar os colegas, então acaba fingindo que já conhece os termos que ouve e vai anotando tudo para pesquisar depois.

Tomando cervejas naqueles copos enormes, Oliver e Vasyly fazem um breve panorama do campo da literatura produzida com inteligência artificial. Pedro descobre que alguns efeitos (como humor e surrealismo) e alguns gêneros (como terror e mistério) eram bem fáceis de serem produzidos. Segundo Vasyly, elementos formais muito recorrentes produzem padrões muito fáceis de a máquina abstrair e imitar. Humor e surrealismo são efeitos produzidos por choque contextual, incongruência e quebra de expectativa. Tudo isso era muito fácil de ensinar uma máquina a produzir. Não era fácil produzir uma obra-prima, claro, mas sim uma obra medíocre que não destoava tanto assim de outras obras medíocres. Poesia também não era nada difícil, Pedro Gustavo ficou surpreso ao saber (do jeito que os dois falavam, parecia que tudo era fichinha, então?).

Segundo Oliver, além das estruturas prosódicas e rítmicas tradicionais, que já nascem estritamente formalizadas, a poesia é basicamente feita de expressão indireta, alusiva e elusiva. Tolera, portanto, muito mais contorcionismo semântico e sintático do que a prosa costuma tolerar. Oliver diz que por isso pode ser particularmente difícil diferenciar a poesia feita por inteligência artificial daquela feita por um ser humano. Os dois dizem a Pedro, com uma grande autoconfiança, que dá para conseguir umas coisas incríveis com poesia se você treinar bem os modelos.

Agora, um romance realmente legível e minimamente interessante já é outra coisa, Vasyly conclui de forma grave.

A ideia deles era começar experimentando com poesia, então. Nas suas primeiras semanas, Pedro Gustavo e o time compõem uma simulação de poemas novos de um Yeats tardio feitos a partir do léxico focado na sua obra *Uma visão* e de um agregado complexamente pesado de toda a sua obra (ideia que Vasyly havia encontrado proposta por um colombiano num fórum anos antes). O resultado levou às lágrimas um especialista suíço de Yeats de setenta e tantos anos que custou a entender a explicação de como aquilo havia sido escrito e pareceu até ofendido quando finalmente entendeu.

"Então ninguém escreveu isso? Eu me emocionei com palavras que ninguém produziu?"

2

Depois de alguns meses trabalhando no laboratório, Pedro Gustavo é encarregado pelo diretor do programa de mostrar alguns dos resultados a poetas premiados da região. Seu trabalho era apresentar aquilo como algo excitante para aqueles poetas e produzir uma entrevista sobre o assunto.

Pedro fica constrangido ao perceber que dois dos entrevistados expressam profundo desalento e tristeza, não com a pobreza dos poemas, mas com a constatação de que eram mais interessantes do que muita coisa premiada por aí. Uma poeta em particular, uma senhora croata de setenta anos que havia levado uma vida reconhecida pela resistência e o engajamento político-literário, dizia que não achava que as máquinas teriam como substituir jamais um estilo novo, uma voz singular, mas que aparentemente não teriam problema algum em substituir os poetas medíocres, as vozes convencionais.

— Muito do que a gente faz de fato é só uma recombinação. Passei a vida escrevendo poesia, e boa parte do trabalho, de fato, é chacoalhar as palavras e ver onde elas caem. Ver se funciona e se não funciona. Não tudo, claro, mas boa parte. E, ao que parece, isso não é tão difícil de se imitar. Sinto que noto facilmente a diferença entre Yeats de verdade e o Yeats de vocês, mas posso estar sendo enviesada, não sei dizer com certeza. Logo vocês também fazem um robô crítico para dizer se é autêntico ou falso, bom ou ruim, imagino.

Pedro Gustavo ri disso, mas ela não está rindo.

— Ainda assim, parece mais poesia do que muita coisa, e isso me assusta. Com todo o respeito ao trabalho de vocês, não acho que seja uma coisa boa. Nosso trabalho já vale muito pouco sem que nos substituam por robôs. Não precisamos ser tornados ainda mais redundantes, ainda mais supérfluos do que já somos. Entende?

Pedro não sente o mesmo, mas acha que entende o sentimento e não sabe nem como responder, exceto produzindo um sorriso sem graça. As humanidades estavam sempre em crise, sempre agonizantes, há tanto tempo; de fato, não precisavam de mais uma ameaça vinda do mundo técnico e burocrático. Mas Pedro Gustavo sentia que seu trabalho era justamente fazer uma mediação com esse mundo ameaçador e maravilhoso da inteligência artificial. Achava, ao contrário da senhora croata, que era só fazendo esse tipo de aliança que as humanidades poderiam ter alguma chance de sobreviver ao futuro, ainda que transformadas.

Oliver diz que a inteligência artificial havia feito avanços incríveis em quase todas as áreas desde o sucesso galopante e surpreendente das redes neurais de aprendizado profundo com as novas técnicas de retropropagação. Vasyly explica a Pedro que os modelos de sucesso hoje eram filhos de um tal de *Perceptron*, que havia sido criado nos anos 1960 por um tal de Rosenblatt, um modelo que fora abandonado como um beco sem saída por décadas. Era esse caminho esquecido que voltava agora poderoso e triunfante, implementado em hardwares cada vez mais possantes, impossíveis na época da sua concepção.

Mesmo com o progresso, ainda existiam limites evidentes para a literatura algorítmica que continuavam elusivos, e eram esses limites que interessavam a Oliver e Vasyly. Pedro Gustavo discutia isso com seus dois colegas no restaurante tailandês perto do instituto, onde vão algumas noites na semana (frequentemente ficam lá até fechar, muitas vezes são os últimos a sair do restaurante, junto com os funcionários).

Vasyly acha que o limite mais claro da literatura produzida por ia é a parte emocional. Não era fácil produzir algo que se parecesse com sentimento autêntico, e os três concordavam que talvez não fossem as pessoas mais indicadas para produzir aquela inovação.

— Minha esposa diz que sou incapaz de perceber um sentimento em mim mesmo, que dirá nos outros, comenta Oliver já bêbado, causando algum constrangimento nos colegas.

Pedro Gustavo nunca gostou de literatura que tendesse ao sentimental, então não se interessava muito por esse problema. O que pensava como um limite interessante era não conseguir imaginar uma rede neural que produzisse algo como "Pierre Menard" ou ""Tlön, Uqbar, Orbis Tertius". Algo que capturasse a imaginação de quem lia de maneira irreversível da mesma forma que aquelas histórias faziam. Oliver não reconheceu os títulos, mas Vasyly sim, e concordou com ele de maneira efusiva. Pela primeira vez, Pedro sente que Vasyly respeitou algo que ele falou. Fica feliz com a aprovação de uma figura de autoridade como não ficava desde a alfabetização com tia Sandra, tantos anos atrás.

3

Vai chegando já o final de 2019 e seu pós-doutorado está perto de terminar. O tempo passa rápido quando se está contente. Por causa da sua família e do emprego estável cuja licença termina em breve, Pedro sabe que tem de voltar para o Brasil, mas o momento político o desanima. Estava sendo tão bom não ter de pensar e lidar com aquele governo o tempo inteiro do jeito que todos os seus conhecidos estavam. Manda seu currículo para várias posições em vários países, a maioria europeus, incluindo uma que abre inesperadamente em Lausanne, no próprio departamento em que estava agora (com a morte de uma velha professora de linguística). Sente que precisa impressionar todos por ali nos poucos meses que tem de sobra. Já sentia essa vontade antes, mas agora ela volta redobrada. Não quer ficar em São Carlos o resto da vida, não depois de ter um gostinho da vida de acadêmico na Europa, ainda mais num departamento de ponta e fazendo uma pesquisa inovadora. A Suíça nunca lhe havia interessado antes, sempre lhe parecera basicamente um banco enorme com umas vacas malhadas e os Alpes no fundo, mas gostou da tranquilidade do lugar. Menos turístico e menos nacionalista que outros países e cidades vizinhos, era um lugar em que parecia ser fácil se apagar, com uma neutralidade que deixaria você se confundir rapidinho com o fundo (pelo menos para alguém que tinha a cara que Pedro tinha, claro, de bisneto de português). Ele percebia cada vez mais o quanto gostava disso. De sumir daquele jeito numa maquinaria elegante, quieta e bem azeitada (de primeiro mundo, como diz a expressão antiquada).

Numa noite chuvosa no final de novembro, Pedro Gustavo está pela primeira vez na mesa do tailandês não só com seus três colegas, mas também com o chefe do programa, o suíço Noah. Um homem grande com cabelo cinzento desgrenhado, generoso e simpático no trato mas seco e direto quando não se interessa por algo. Pedro tenta argumentar que encontrou um caminho promissor na pesquisa. Diz que muitos grupos já estão perseguindo metas como extrema empatia numa peça de ficção, tentando fazer a máquina aprender a contar uma história tocante, criando fórmulas para melodrama, organogramas para catarse.

— Acho que isso é besteira, uma rua sem saída, parte dessa vontade teimosa de sempre projetar nós mesmos nelas. Máquinas nunca se tornarão humanas; mesmo que ganhassem algo como consciência, seria um outro tipo de coisa inteiramente ali, como Wittgenstein diz do leão falando. Enfim. Você conhece o escritor Jorge Luis Borges?

Noah faz que sim. Até agora, ele não parece nada impressionado, mas continua ouvindo com atenção enquanto apanha amendoins da mesa e os descasca lentamente.

— Meu ponto é que ele, o Borges, que é nada sentimental, que é tão conceitual, tão diretamente ligado à manipulação direta de convenções literárias, é absolutamente perfeito para servir de norte e modelo para uma simulação interessante, para um uso deliberado e concentrado das redes neurais para produzir imaginação genuína, *invenção de verdade*.

Noah olha para Vasyly, que está fazendo com as sobrancelhas sua melhor cara de "isso não é idiota. Talvez seja até inteligente. Ouça o rapaz". Pedro continua:

— Quer dizer: se a gente ensina a máquina a fazer o que o Borges fez com a literatura ao escrever seus contos mais famosos, a gente talvez ensine a máquina a produzir invenção ficcional. O que necessariamente quer dizer um tipo *novo* de invenção ficcional. Uma fronteira nova pra literatura e pra ciência ao mesmo tempo.

O chefe do departamento fica mastigando um palito de dentes por alguns minutos. Demora a mostrar suas cartas, mas acaba falando que havia algo ali, sim. A sorte de Pedro, Noah diz com um sorriso enorme, era que ele próprio havia sido um grande fã de Borges na faculdade. Pedro se empolga e pergunta qual era seu conto favorito. Noah gargalha e fala que não se lembra de nenhuma história ficcional que leu na vida. Diz que não tem como gastar a cabeça com esse tipo de coisa, não quando há tanta matemática para se ter em mente. Todos riem juntos.

4

Desde o início do ano, a equipe havia obtido acesso ao melhor programa de aprendizado de linguagem natural do mundo. A última versão desse programa (GPT-2) não teve grande dificuldade, quando assim instruída, de produzir contos derivativos de Borges a partir do agregado da sua obra. Todos eles mequetrefes, no entanto. Variações de histórias de mistério situadas em templos e ruínas, com labirintos que são bibliotecas e bibliotecas que são labirintos, contando de maneira confiável com a menção de obscuros manuscritos cabalísticos, alquímicos, herméticos ou gnósticos. Não conseguem produzir nada muito diferente disso, mesmo retocados os parâmetros. O que sai de diferente acaba sendo críptico e confuso de um jeito repetitivo.

Pedro Gustavo especula que talvez seja porque Borges não apenas recombinava elementos temáticos e formais prontos, que é o que eles tentavam ensinar a rede a fazer. O que havia sido inventivo no gesto de Borges, afinal, o novo e revolucionário, fora sua disposição conceitual recursiva, a sacada genial de escrever sobre livros e autores fictícios que ele usou de andaime pra construir tantas outras sacadas. Agir como se esses livros já existissem e partir daí. Em quase todos os seus grandes contos, há uma mistura de gêneros que se faz por algum truque conceitual singular – Pierre Menard e Funes são personagens mas também conceitos em forma de gente. A mistura estilística improvável de Quevedo e Chesterton, que a máquina já sabia emular de maneira satisfatória, importa muito menos para o brilho de Borges do que essa capacidade de transformar abstrações abissais em máquinas engenhosas que cabem no espaço de cinco a dez páginas.

Pedro começa a soar ambicioso. Fica tão excitado que, quando fala sobre o assunto, começa a falar alto demais, bater forte na mesa, mesmo quando estão em público. Os parceiros se entreolham e fazem piada, entre si, mas também apreciam o entusiasmo.

Pedro insiste de maneira obsessiva, como um vilão enunciando seu plano diabólico num desenho animado, que, caso conseguissem formalizar do jeito adequado o que Borges havia feito ali na sua obra-prima, a rede conseguiria produzir o que ainda parece impossível: *um novo conto antológico de Borges que não fosse escrito por mãos*. E explica, também repetidas vezes, que a meta não pode nem ser simplesmente produzir um conto medíocre do Borges, os mais fracos ali do *Livro de areia* e de *O informe de Brodie* (livros que Pedro considerava divertidos, mas bem mais fracos do que os primeiros do autor). A meta *não pode ser essa*. Era de *Ficções* pra cima ou nada. Diante disso, os colegas só concordavam, achando cada vez mais graça (e só um pouco irritados com a teimosia).

Ele começa, então, a traçar um fluxograma enorme que tenta condensar todas as transformações formais e misturas de gênero que podem ser encontradas nas duas partes do volume *Ficções*. A ideia é ensinar a máquina a misturar esses conceitos num pequeno arco narrativo. Pedro Gustavo tem dores de cabeça diárias enquanto tenta deter na mente ao mesmo tempo todas as camadas de abstração. Mas, no fim, consegue entregar algo sucinto para Vasyly.

O departamento estava usando havia meses essa inteligência artificial desenvolvida por uma empresa de São Francisco, cedida sob uma licença comercial de pesquisa para universidades. Um baita brinquedo, com 1,5 bilhão de parâmetros, era de longe a melhor rede neural de processamento de linguagem natural desenvolvida no mundo até então. A rede voava sozinha, mas a proposta de Pedro Gustavo requer um ajuste substancial no seu funcionamento, já que estabelecia uma nova maneira de abstrair categorias temáticas e formais dos textos com um protocolo desenvolvido quase do zero por Vasyly e seus dois parceiros. Isso demanda um mês de trabalho duro, mas o entusiasmo de Pedro Gustavo ajuda os companheiros a acreditarem e seguirem adiante com o projeto. No finalzinho do ano, consegue do diretor do programa um posto como pesquisador temporário por mais seis meses até o projeto "Borges 0.1." ser concluído, e sabe que agora realmente precisa mostrar resultados até lá. Nunca esteve tão animado antes, não apenas com um projeto profissional, mas de fato com qualquer outra coisa na vida. Sabe que não terá filhos, sabe que não é um professor marcante e nem mesmo um filho tão querido. Nunca se apaixonou por ninguém, nunca causou paixão tampouco. Se aquilo der certo, será o único legado que ele deixará na Terra.

5

Os resultados que conseguem com os ajustes que Pedro sugere são melhores que os anteriores, mas ainda desapontam. Ainda falta alguma coisa, e ela segue elusiva. Chega março de 2020 e a pandemia começa, a universidade e o instituto encerram todas as atividades presenciais. Pedro é o único do programa que continua em Lausanne, já que mora no dormitório da pós, junto com um par de estrangeiros igualmente solitários (uma sérvia e um chinês), dentro de um campus quase deserto, com pouquíssimos funcionários aparecendo às vezes aqui e ali. Não conta para ninguém, mas acha muito agradável ficar sozinho o tempo todo e ter aquilo tudo só para ele. Nunca se sentiu tão bem na vida, na verdade. Há momentos em que se sente o último sobrevivente de um mundo já destruído. Chora um par de vezes com as notícias no Brasil, mas decide que é melhor evitá-las por saúde mental, não podendo ajudar com nada. O lado ruim é que a falta de rotina normal bagunça seu sono. Pedro começa a varar madrugadas trabalhando e a cochilar várias vezes durante o dia. A realidade de uma cidade média suíça, que sempre lhe parecera um pouco irreal (de tão tranquila, tão pacata), começa a derreter em camadas adicionais de delírio anelado, debaixo dos seus fones de ouvido rechonchudos.

Oliver e Vasyly estão fora da cidade com suas famílias, trabalhando remotamente, quando por fim o departamento ganha acesso à novíssima versão da ferramenta que eles já usavam (GPT-3). Se a anterior já era o melhor modelo de linguagem artificial do mundo, essa nova era um bocado mais poderosa (com o número quase literalmente incrível de 175 bilhões de parâmetros, coisa linda). Pedro faz uma dancinha sozinho, no banheiro, de tanta animação, quando recebe a notícia. Os dois começam a lidar com o código para fazer as mudanças e os retoques necessários no programa, que já estavam desenvolvendo ao longo de dois meses, dedicado a imitar a primeira fase ficcional de Jorge Luis Borges, para que possa ser aplicado junto a essa nova arma. Vasyly lamenta o trabalho duplicado, mas diz que certamente conseguirá aproveitar quase tudo do modelo anterior.

Pedro Gustavo precisa apresentar os resultados finais do projeto no fim de junho. É no dia 18, quase às onze horas da noite, que Vasyly consegue subir a nova versão do modelo à distância. Assim que Pedro Gustavo recebe a notícia, vai direto para o subsolo do instituto, onde fica o computador do projeto. Suas mãos suam frio enquanto ele espera o programa rodar pela primeira vez. Pensa em como suas ideias ajudaram a produzir aquele modelo, o que queria dizer que ele estava participando daquele sistema, ele que jamais escreveu nada, que nunca inventou uma história sequer. E, no entanto, era como se as palavras que fossem sair daquilo ali também estivessem saindo dele, de algum jeito. De maneira mais decisiva, elas sairiam de todas as palavras escritas por Borges, misturadas por todas aquelas máquinas concertadas, sairia principalmente disso, claro, mas sairia dele *também*. Pedro também estava, mais que Oliver, mais até que Vasyly, metido dentro daquilo tudo.

A primeira tentativa é um conto chamado "O terceiro espelho". Nele, um homem chamado Borges fica por horas tentando escrever um conto dentro de um quarto enquanto evita olhar o espelho. A sugestão gradualmente se estabelece: de que algo terrível pode acontecer se o homem chamado Borges olhar o espelho. Há muita repetição nessa descrição da tentativa obsessiva do homem (um efeito que Pedro achou um pouco estranho ao estilo do autor).

O homem chamado Borges, o conto nos informa, está tentando buscar um estilo novo, está tentando perseguir uma voz fantasma que sente que ecoa há anos na sua cabeça e que finalmente chegou a hora de trazer à tona. Esse estilo novo, também se sugere, pode ter consequências grandiosas ou tenebrosas para o mundo (não fica claro de que modo). Assim que Borges parece encontrar as palavras que quer, a cadência necessária, a ideia luminosa que vai levar tudo adiante, ele se distrai e acaba olhando o espelho. Ao fazê-lo, descobre que não está lá, que infelizmente não existe e que, portanto, a história que está escrevendo nunca será terminada.

Pedro Gustavo acha o conto brochante. O início até que tinha algo dos flertes de Borges com o terror e com o metaficcional, mas o final era muito fraco e anticlimático. Toma algumas notas, mas decide produzir mais tentativas antes de propor mudanças.

A segunda tentativa é um conto chamado "A outra biblioteca". Pedro Gustavo já sente que o título é um mau sinal, derivativo demais. Mas, quando lê, sente que o trabalho do último mês começa a se fazer presente. A "Biblioteca de Babel" é a famosa fantasia metafísica de Borges de um universo livresco composto de tudo que é possível de ser inscrito, o mundo como uma combinatória arbitrária de caracteres. Mas essa biblioteca do novo conto é outra coisa, uma biblioteca terrena construída nos Estados Unidos nos anos 1960 por um bilionário com interesse no sobrenatural, Bernard Linemeyer.

A biblioteca é fechada ao público e protegida por um esquema pesado de segurança. O fundador, antes de morrer, cria uma fundação para continuar cuidando dela e dos seus segredos depois da sua morte. O conto acompanha as atividades do bibliotecário-chefe (um erudito egípcio com uma perna de madeira e um passado misterioso) e as descobertas que ele vai fazendo dos vários mistérios relacionados ao projeto.

Essa biblioteca excêntrica e secreta guardaria apenas dois tipos de livros: livros com ideias perigosas demais para serem divulgadas e livros que "não foram escritos por ninguém". O conto jamais explica o que quer dizer essa última categoria, só a repete várias vezes, como se fosse autoexplicativa. *Livros que não foram escritos por ninguém.* Tampouco se diz porque que esses livros seriam, pelo que o conto sugere, tão perigosos quanto os livros que contêm fórmulas de magia negra e necromancia, ensinam a fazer bombas ou estimulam o genocídio de diversos povos.

Aos poucos, o conto sugere que esses "livros escritos por ninguém" seriam uma espécie de força estranha que seduz e, aos poucos, enlouquece, todos que entram em contato prolongado com a biblioteca. Incluindo o bibliotecário egípcio, naturalmente, cuja progressiva derrocada mental parece totalmente chupada de Lovecraft. No final, a biblioteca termina queimada, com a conclusão de que um grande bem havia sido feito para toda a humanidade.

Pedro Gustavo não podia dizer que o conto era bem-sucedido. Confuso, com um final abrupto demais e um bocado de terror genérico. Ainda assim, o que o deixa animado numa segunda leitura é perceber alguns sinais sutis do conto de que ele próprio havia sido produzido por ninguém, por uma máquina. Pedro Gustavo entende isso como um sinal tímido de que os novos parâmetros da rede estavam buscando por atualizações contemporâneas das ideias de Borges, talvez. Parece promissor. Pedro se ajeita na cadeira e dá um pequeno gritinho enquanto toma nota.

Além da obra completa de Borges computada com peso máximo, e da obra completa de vários autores importantes para

Borges (Browne, Chesterton, Marcel Schwob, Carlyle) computada com peso menor, a base de dados da rede neural incluía algumas poucas obras de escritores contemporâneos, justamente com essa intenção de renovação temática, dentro de limites.

Depois de os primeiros resultados desapontarem, Pedro havia inserido por conta própria bastante material adicional na base de dados, artigos recentes de enciclopédia, sinopses de filmes de ficção científica, tudo para dar mais recursos para o Borges-bot. Até percebeu que havia incluído uma pequena pasta com documentos pessoais burocráticos por engano (basicamente tudo que havia juntado para mandar para a inscrição da pós) e ficou com vergonha de admitir para os colegas depois, quando percebeu, mas imaginou que não teria efeitos, pelo que ele entende, já que a rede certamente não saberia interpretar nada daquilo.

Pedro Gustavo não quer transformar o velho bibliotecário argentino Jorge Luis num escritor de ficção científica, não quer desvirtuar demais seu léxico e seu domínio. Até porque, afinal, em termos práticos, o sucesso do programa dependeria, ao menos em parte, do veredito confirmatório de especialistas da sua obra, em algum momento. Quanto mais se deslocassem do seu imaginário usual, maior era a chance de esses especialistas torcerem a cara, por isso era bom ter cuidado ao mexer nos parâmetros e na base de dados.

Pedro Gustavo decide produzir só mais um conto antes de tirar conclusões e encerrar a noite. Dessa vez, a rede demora muito para produzir o resultado. Ao contrário de imagens, a geração de texto não costuma ser um processo computacional tão pesado, ainda mais para as máquinas de ponta do instituto, por isso Pedro Gustavo acha estranho. Não dormiu nada na noite anterior, começa a sentir um sono inesperadamente intenso. Decide pegar um sanduíche de salada de atum e maionese na máquina que fica no subsolo do instituto, a única opção de comida a essa hora da madrugada, ainda mais agora na pandemia. Era um milagre que aquela maquininha ainda estivesse sendo reposta toda semana. As luzes estão acesas, mas ele parece estar sozinho no lugar. Quando volta para sua sala, armado do seu sanduíche, o novo conto está lá esperando para ser lido. Chama-se "Moisés Acevedo produz um Deus".

6

No conto, um cabalista espanhol solitário quer ensinar um jovem argentino a produzir um Deus. O cabalista é um judeu sefardita renegado pela sua comunidade por tentar misturar sua arte com hermetismo e outras tradições esotéricas. Foge do fascismo espanhol para Rosario na década de 1930, trabalha como apotecário por um tempo antes de se mudar sozinho para uma cabana no mato nos limiares da cidade. Com o tempo, ganha a fama de ser um velho esquisito e perigoso.

O jovem argentino chama-se Jorge e não é judeu. Não sabe se deve acreditar ou não nos papos do cabalista, que se chama Moisés Acevedo, mas começa a frequentar sua casa em parte porque ele o lembra seu avô, que morreu alguns anos antes. Acha Moisés um pouco estranho, além de fedido, mas gosta do lugar porque é cheio de livros velhos, mapas e figuras bonitas e bizarras de barro que Moisés produz o dia inteiro com muita habilidade e cuidado.

Moisés sempre insiste que detém poderes extraordinários e precisa repassá-los adiante antes de morrer. O jovem concorda com a cabeça, achando o papo divertido, mas certo de que o velho deve estar brincando ou variando das ideias.

Um dia, Moisés insiste em levar Jorge para uma clareira tarde da noite. Chegando lá, presenteia-o com três bonecos de barro incomumente realizados. Pareciam ter dado mais trabalho de fazer do que os vários que ele fazia e desfazia ao longo de um dia, incluindo adereços e pintura (o que Jorge nunca havia visto antes). Um deles é um dragão pintado de vermelho, o outro é uma espécie de tartaruga azul, o último é um sapo gordo com plantas saindo das costas. Ele pede para o jovem escolher um dos três e diz que vai sacramentá-lo com seus próprios poderes. O jovem não acredita no que está ouvindo, mas não quer desapontar o velho, então escolhe o sapo gordo. Acha, dos três, o boneco mais simpático.

O velho explica que a cabala, na sua origem, era uma arte e uma filosofia mística totalmente entranhada à linguagem. No judaísmo, Deus havia criado o mundo com atos de fala, por isso os cabalistas entendiam o mundo todo como a articulação divina dos trinta e dois elementos (os vinte e dois caracteres do alfabeto hebraico mais as dez *sefirot*, as dez emanações ou patamares da árvore da vida). Por isso, a recriação da fagulha divina tinha sempre essa relação umbilical com o poder taumatúrgico da palavra. O papel dos cabalistas como ele era de reparar esse mundo caído e cheio de vasos quebrados com a luz divina da criação.

Mas Moisés diz também que a cabala havia mudado ao chegar à América. Quando chegou, demorou para entender por que sua magia não funcionava do mesmo jeito naquele continente. Isso era porque os espíritos não são os mesmos em todo canto, cada lugar tem seus espíritos locais, seus próprios nomes e numes. "Deus é um só, mas seus nomes são infinitos e seus caracteres e figuras também", ele explicou (Jorge concordou com a cabeça como se já soubesse disso).

Foi apenas depois de anos de muito esforço que Moisés sente que conseguiu harmonizar seus conhecimentos antigos com as forças daquele local, ou seja, reconciliar a magia do velho mundo com a magia do novo. Sente que talvez tenha sido, aliás, a primeira pessoa a fazer isso com sucesso.

O velho diz que vai ensinar o jovem a manipular a própria estrutura da realidade com aquele boneco de barro. "Não são palavras mágicas nem ritos secretos. Não é uma reza, não é uma barganha. Você não está pedindo nada a ninguém, é importante entender. Trata-se de uma maneira de concentrar sua ação e saber entranhá-la nas coisas até que ela se misture e se confunda totalmente com o mundo. É por misturação e confusão, não por emanação. Emanação não é com a gente." Assim que fala isso, o velho faz uma cara de dor e segura o próprio peito. Cai de joelhos e em seguida de cara no chão. Assim que cai, já parece morto.

O jovem ainda tenta reanimá-lo, pensa em chamar ajuda, mas percebe que é tarde demais, até porque estão muito longe de qualquer ajuda. O velho fica lá rijo, com a cara metida no barro. Jorge fica com medo de os pais brigarem com ele por estar ali no mato com o velho de noite (os dois achavam o velho maluco e suspeito, talvez até um tarado).

Arrasta com dificuldade o corpo do velho para a base de uma árvore grande e o cobre com folhas. Embora se considere ateu, faz uma pequena reza genérica em sua homenagem e pede desculpas por não ter coragem de lidar melhor com a situação. Deixa o boneco de barro junto do seu corpo e volta para a casa dos pais. Nunca fala o que aconteceu para ninguém. No mês seguinte, muda-se para Buenos Aires para morar com uma tia e poder ter acesso a escolas melhores.

Quinze anos se passam. Jorge, que agora é um homem crescido e calvo, torna-se um programador bem-sucedido trabalhando na IBM. Não se casa nem vai atrás disso, só tem tempo para trabalho e para algumas leituras recreativas eventuais. O ano é 1986. Como seus pais vieram para Buenos Aires no início da década, o jovem nunca mais volta a Rosario. Apenas com a morte de uma tia é que a família decide voltar para a cidade, para o enterro. Ficam lá um fim de semana hospedados na casa de familiares.

No domingo, o último dia antes de ir embora, Jorge decide ir no fim da tarde passear sozinho no mato onde passou tanto da sua infância. Nunca havia falado para ninguém sobre sua relação com Moisés, muito menos sobre a morte dele. Mas era algo que permanecia incrustado bem no fundo da cabeça.

Jorge não se lembra com frequência dos seus sonhos, mas uma parte substanciosa deles envolvia o velho e o boneco de barro do sapo gordo. Quase sempre os dois estavam no mato, mas também acontecia de ele sonhar com encontrar o velho num sebo em Buenos Aires, no subsolo de um teatro, no armário da casa da sua primeira namorada. O velho sempre queria lhe falar algo, terminar de explicar o que começara havia tantos anos, mas nunca conseguia, nunca dava certo.

Jorge sente sua calça se sujando no mato, os galhos ameaçam rasgar sua camisa cara, mas ele não se importa. Começa a pensar em como a programação era uma forma de conjuração real através da linguagem, ou seja, uma cabala que realmente funcionava. Quer dizer, linguagens de programação eram muito diferentes de linguagens naturais, claro. No espanhol, o tijolo é a palavra, e a construção mínima é a frase. Já na programação, você tinha uma sintaxe desencarnada que era compilada e implementada num hardware por meio de impulsos elétricos binários. Não existiam nem palavras nem frases, só linhas de código numa sequência encadeada. Era ao mesmo tempo uma forma de linguagem mais e menos real do que a linguagem "normal". Por isso, Jorge sentia que dominava um poder novo e muito real desde que começou a aprender programação. Sentia que aquilo era cem vezes mais real que a cabala daquele velho maluco por um motivo imbatível (dava dinheiro). Ele já ganhava mais que seus pais havia anos e ainda tinha espaço para crescer na carreira, computadores eram claramente o futuro. Ainda assim, que seja por nostalgia, por carinho, Jorge passa horas no mato encenando diálogos mentais com o velho sobre a diferença entre as duas formas de conjuração linguística.

Enquanto caminha e pisa nas folhas secas acumuladas nos pés das árvores, Jorge imagina a possibilidade de encontrar o esqueleto do velho ali no meio. Imagina que, depois de tanto tempo, alguém deve ter encontrado aquele corpo e o enterrado. Começa a anoitecer, ele teme por um instante se perder ali no mato, mas sabe também que não está muito longe, e parte dele quer confirmar se conhece o mato tão bem quanto quer crer que conhece.

No escuro, começa a caminhar com as mãos aprestadas à frente. Tocando em cipós, lianas e folhas, galhos e troncos, besouros e mosquitos. Sente que está se aproximando do lugar em que o velho morreu, mas sabe que pode ser só impressão. Era muito difícil se orientar por lá quando escurecia. Suas mãos continuam passando cautelosamente pelo escuro diante dele, até que Jorge sente a textura de uma pele fria, lisa e espessa. Recua por instinto e sente que a pele também reage ao seu toque. Mas não faz sentido que seja um animal, pelo tamanho que parece ter. Era uma lona, um plástico? O que era aquilo? No segundo toque, mais cuidadoso, a textura parece com certeza a pele de um ser vivo. E a pele úmida e responsiva de um animal, e não de um tronco de árvore. Mas Jorge ainda não consegue acreditar no que está tocando. Está escondido em parte pela escuridão e pela folhagem, mas com certeza é um animal maior que um boi. Chega a pensar na possibilidade absurda de ser um elefante fugido de circo, ou algo do tipo, mas a textura não parece ser aquela textura rugosa e acidentada que vemos na pele de elefantes. Talvez um lagarto?

Bota a mão de novo e agora acha que consegue sentir uma respiração ali. Uma parte sua está morrendo de medo, mas a criatura não faz nenhum barulho, não se mexe. Não parece ameaçadora e tampouco parece se sentir ameaçada. Jorge continua rodeando a criatura, tirando pedaços da folhagem que a esconde com cuidado e tentando entender a estrutura do seu corpo. Ainda é difícil distingui-la das plantas no seu entorno, e Jorge começa a perceber que algumas dessas plantas não estão apenas crescendo em volta dela, mas parecem se projetar da sua pele.

É aí que Jorge entende algo que já estava na antessala da sua imaginação, sem que ele permitisse que entrasse. O poder do velho era real e havia sido transmitido no evento da sua morte para aquele boneco. Jorge havia deixado aquele poder se entranhar naquele mato durante aquele tempo todo. Assim que pensa isso, sente tremer e ecoar no mato.

Sim.

Jorge continua rodeando a criatura e tirando as plantas da sua frente até que encontra um olho enorme. É amarelo, do tamanho de um melão, e o encara atentamente. Jorge sente um pavor enorme. Aquela bola fria não tem nada de humano, não parece expressar nenhuma emoção. Mas sente, ainda assim, que o olho o reconhece.

Logo que os dois se encaram, Jorge entende ainda outra coisa. Que o poder do velho estava se acumulando naquele bicho e naquela floresta havia pelo menos quinze anos, e que sua ida a Buenos Aires, seu ingresso no curso de programação noturno e depois sua inserção na empresa norte-americana, tudo isso havia sido, em parte, obra daquele sapo folhudo. A tessitura da realidade já passava por aquele poder concentrado naquele lugar, e Jorge fazia parte inextricável daquele nexo. Seu dever agora (e, mais do que isso, seu *destino*) era o de expandir o território daquele seu domínio. E manejá-lo como se fosse um arco.

Como Pedro Gustavo aprendeu a mastigar devagar e repetidamente, ainda está terminando seu sanduíche de salada de atum quando termina de ler o conto. O recheio todo termina e ainda resta só um pequeno pedaço da borda de pão integral seco, que Pedro descarta junto com a embalagem. Não sabe bem o que achar do que acabou de ler, salva o arquivo dentro do sistema, mas ainda não toma notas. A mistura entre cabala e programação havia sido o ponto mais surpreendente, por fim estavam fazendo algum progresso. Gostou dessa mistura entre novo e velho, mas será que haviam adicionado coisas contemporâneas demais na base de dados? O mais curioso, ainda, era esse sentimento quase de uma progressão entre os contos dessa leva, apesar de todos terem sido gerados com a mesma base de dados e os mesmo parâmetros. Será que a rede levava em conta os contos que já havia produzido também? Como um escritor de verdade, digamos, que vai melhorando aos poucos. Ele toma nota para perguntar depois a Vasyly.

Pedro Gustavo decide rodar o programa uma última vez antes de mandar as notas para seus companheiros e ir dormir. Percebe, para sua própria surpresa, que está com sono, mesmo excitado como está. Não sabe dizer que horas são e sabe que o horário do computador do departamento está errado há meses (diz que são três e meia da manhã, agora). O programa demora de novo para apresentar seu resultado, dessa vez ainda mais do que da última. A expectativa era sempre a melhor parte, como em quase tudo que existe de bom. Pedro acha estranha a demora excessiva, mas já aprendeu a aceitar os caprichos dos computadores.

O sono o faz bocejar, seus olhos estão se fechando quase sozinhos. Seu estado de vigília é incerto quando o novo título enfim aparece na tela. Lê-se ali, é claro: "Pedro Gustavo, autor de *Ficções*".

OUTRAS HIDRÁULICAS

I

A primeira vez que me fingi de mulher virtualmente foi jogando *Diablo* no computador. Eu tinha o quê? Doze, treze no máximo. Mas me deixa explicar, antes que alguém entenda errado. Não era assim uma coisa *sexual* de se fingir de mulher nem uma vontade específica de fazer isso. O que rolou foi só que fiz um avatar feminino no jogo quando vi que dava pra fazer, e pronto. Nunca tinha feito essa opção antes, que me lembre. Nem com a Chun Li eu jogava no *Street Fighter*. Não era assim uma mania nem nada. Só aconteceu de fazer ali, com aquele jogo.

Mas aí o que rolou foi que meu avatar começou a ser meio assediado por um cara. Enfim, estou encurtando, não começou assim direto. A gente primeiro só jogava juntos, fomos nos aproximando porque a gente sempre aparecia no mesmo servidor mais ou menos na mesma hora (umas três e meia da tarde), o único servidor brasileiro que tinha na época, o único que não dava *lag* demais. A gente começou a andar junto, a combinar de encontrar todo dia pra ir junto pros calabouços matar monstros e realizar as missões como parceiros. Depois de vários dias de aventuras pelo subterrâneo de Tristram, ele falou pra gente ir pro bosque e pediu pra eu tirar todos os itens de roupa do meu avatar, de modo que ela ficasse nua. Sem entender o motivo, fiz isso, acho que porque confiava nele. Os bonecos não tinham órgãos genitais nem mamilos, mas pra minha idade já parecia indecente. O avatar dele então se aproximou do meu e ficou se mexendo de um jeito esquisito. Não era nada parecido com sexo, cuja mecânica básica eu já compreendia pela pornografia que vislumbrava às vezes na internet de madrugada, o único momento em que conseguia acessar o computador de casa sozinho.

O avatar do cara, um guerreiro ruivo, só ficou se sacudindo e se mexendo perto do meu, seu corpo digital se misturando ao corpo da minha personagem, trespassando-o. Não entendi muito bem o que estava acontecendo, mas fechei a porta do escritório e senti que estava fazendo algo tarado, algo talvez errado.

Estou recuperando esse incidente numa tentativa de entender o que eu fiz mês passado. Nem acho que essa primeira história tenha tanto a ver assim com a segunda, são situações bem diferentes, como vocês vão ver. Não entrei na primeira pensando que era algo sexual, já a segunda, nem sei explicar.

2

O segundo incidente começa comigo baixando o Tinder no final de 2017. Eu diria que a pegação no mundo como um todo se divide entre antes e depois desses aplicativos. Não digo se melhorou ou piorou, aí depende da pessoa, mas mudou. Meus amigos usavam essa porra já fazia tempo, mas sempre achei que tinha algo desesperado demais em ficar tentando arranjar alguém pra transar na internet. Meio nerd demais, sei lá. Desenvolvi esse preconceito bobo, tinha tentado com o OkCupid, quase dez anos antes, e não tinha dado nada certo. Até arranjei uma garota pra conversar, isso lá pra 2006, imagina, e de fato tínhamos gostos em comum, chegamos a ficar amigos e conversar sobre Twin Peaks e Pixies. Mas, quando finalmente nos encontramos, percebi que a menina era meio desequilibrada, ou então não me achou nada atraente e ficou se fazendo de doida pra desconversar. Uma interação péssima, passei duas tardes estranhíssimas com ela debaixo do bloco onde morava com os pais, na 403 norte, falando sobre sua instabilidade mental, eu de vez em quando tentando botar a mão entre as pernas dela sem sucesso. Saí desse encontro com a impressão de que não dá pra encontrar uma pessoa que você nunca viu pessoalmente antes. A esmagadora maioria é totalmente horrível, afinal. No mínimo elas costumam ser desagradáveis, quase todas, e você já consegue eliminar os defeitos mais grotescos de cara quando interage com alguém ao vivo por trinta segundos, que seja. Num chat de texto normal, fica muito mais difícil dizer. Enfim. Por isso tudo, nunca achei que o Tinder seria pra mim.

Mas, depois de terminar com a Ludmila, minha única namorada duradoura na vida, voltei a lidar com a merda que é ser solteiro sem ser pegador. O martírio total e absoluto, o desespero acumulado em desespero que é entrar nesse carrossel de *naite* atrás de *naite* urubuzando mulher sem dar em nada, se humilhando em toco atrás de toco, inclusive de mulheres que às vezes você nem acha atraentes, a que você recorreu por falta total de opção. A gente esquece como é isso quando está num relacionamento. Qualquer relacionamento moribundo, passivo-agressivo e mediocrezinho é preferível à solteirice celibatária involuntária. Lembrem-se disso, ó casados lamurientos. Contanto que você possa dar umazinha de vez em quando, você está melhor que os *forever alone*, pode acreditar.

Lembro os últimos anos do meu casamento com a Lud e como cheguei a achar tantas vezes, em festas com ela, que, se estivesse solteiro ali, eu poderia ficar com X ou Y. Idiota. Pude confirmar concretamente depois que não era o caso, nenhuma das garotas em questão estava interessada, a grama do vizinho é sempre mais tesuda.

Foi depois de uns seis meses na secura total que baixei o Tinder, percebendo que afinal de contas eu realmente não sabia lidar com garotas em festas e shows (e que, imagine só, não havia ficado mais fácil depois de oito anos de casamento). Não sou um galã mas não sou um cara feio, tenho lá meu capital cultural, não sou idiota, então, ao contrário de alguns casos que conheço, não tive tanta dificuldade assim de ter alguns *matches* depois de alguns dias (abrindo o negócio compulsivamente, claro). Não foi uma enxurrada nem nada, como sei que é com qualquer mulher mais ou menos, mas foi o bastante pra perceber que tinha jogo ali.

Demorei um pouco pra aprender a tunar o perfil direito e direcionar pro público que se quer de verdade (o mais importante). Pedi pra um amigo tirar umas fotos com câmera boa, que favorecessem meu rosto e não mostrassem minha calvície já galopante. Eu era novo em aplicativo de pegação, mas a verdade é que estou montando perfil na internet pra pegar mulher, de um jeito ou de outro, desde 2000 e pouco. Não era minha primeira gincana, mesmo sendo. O que vi depois de pouco tempo é que, para meu estrato sociossexual, não é tão difícil assim conseguir *match* com umas garotas nota seis ou sete (no máximo), principalmente mais novas. Muita gente nunca te responde, algumas te respondem e somem depois. Consegue ser frustrante pra caramba, mas a verdade é que com esse negócio pela primeira vez na vida eu comi mulher com frequência (meu grupo de amigos gosta de lembrar os tempos de bandinha e djzagem como uma espécie de paraíso da pegação, com certeza não era meu caso). Uma média de duas garotas por mês, e isso sem aquele desespero de festa, sem aquela gastação de dinheiro e de agonia. Não é que não fosse trabalhoso, não é que não houvesse uns alarmes falsos que te deixassem com raiva. Mas funcionava. De secura total, pelo menos, já não morria mais.

Então eu devia estar feliz, né? Mas a merda toda é que o Tinder não só te bota em conexão com garotas mais ou menos atraentes que, maravilha das maravilhas, podem concordar em dar pra você. Esse lado é incrível, diria que é até uma contribuição cívica muito importante que essa empresa traz pra toda a sociedade (merece uma porra dum Nobel, pra falar a verdade, não sei se da Economia, se da Paz).

Mas o aplicativo não faz só isso, ele não só junta os que se querem. A merda toda é que ele também te bota em conexão, toda vez que você abre o aplicativo com mulheres gostosas de nível estratosférico, nível global, nível Hollywood, nível de cortar os pulsos se você conseguir tê-la um dia e ela te largar. Você sabe, no fundo da sua medula, desde a adolescência, que não vai comer essas mulheres, que essas mulheres não são pro teu bico, que essas mulheres são como uma espécie de essência distante da perfeição tesuda que a maioria das pessoas só vai conhecer por meio de comercial de perfume, pornografia e sonho molhado. De um jeito ou de outro, o mundo inteiro, o capitalismo inteiro, a destruição irreversível do mundo, tudo é uma espécie de gincana complicada e comprida pra ver quem vai comer essas mulheres. E claro que não será você, então, serão os Lebron James e os Idris Elba da vida, os Tom Brady e os Mick Jagger. Mas, mesmo sabendo disso, você dá *like* pras fotos daquelas mulheres maravilhosas como se, quem sabe, elas não possam dar um *like* de volta pra você? Vai que ela enlouquece, sei lá. Ou ama a piada do teu perfil (roubada de alguém do Twitter).

A plataforma parece tornar isso, em tese, *possível*, pela mera possibilidade técnica de a conexão ser apresentada. É tecnicamente possível que uma deusa se manifeste pra você naquele aplicativo. Por mais que a chance de existir atração entre um daqueles organismos perfeitos e meu corpo mirrado e desenxabido continue tão remota quanto sempre foi, o aplicativo faz *parecer* que ela existe.

Depois de muito elaborar, acho que é isso que torna o Tinder algo potencialmente desesperador. Claro que deve ser muito pior pros caras que não conseguem comer ninguém e pronto. Esses aí eu não me impressiono em nada quando viram misóginos ou até atiradores em massa, eu mesmo não sei o que faria se ficasse anos no Tinder e não conseguisse nem um boquete. Você vê muito *incel* se radicalizando com isso aí, não foi uma nem duas vezes que li relatos tocantes no Reddit. Tenho toda a empatia do mundo.

Diria que me encontro mais ou menos no meio da pirâmide de privilégio sociossexual, assim como na financeira. Do mesmo jeito que não sou milionário, mas também não sou miserável, eu consigo comer mulheres, mas não muitas, nem muito atraentes. Sei que isso já é muito diferente de miséria, sei que poderia estar muito pior. Mas ainda assim parece difícil de suportar, às vezes.

Já dei *match* com cinco mulheres absolutamente extraordinárias. Cem vezes mais gostosas que a Ludmila e que qualquer garota que eu sequer tenha beijado. Mas elas depois não me respondem, não importa o que eu faça, se falo demais ou de menos, se me mostro interessado ou me faço de difícil. No máximo dão um oi e depois ficam mudas. *Vocês não têm ideia, não têm ideia, do quanto isso deixa alguém fora de si*. Como assim você demarca, você declara seu interesse possível por alguém e depois ignora completamente?

Algumas vezes cheguei a perder a paciência, embora não me orgulhe disso. Xinguei uma das duas ou três garotas mais lindas com quem já dei *match*, uma sueca que poderia muito bem ser modelo e estava de passagem pela cidade. Ela chegou a conversar comigo por tipo dez minutos, riu das minhas piadas, gostava de Stereolab e de Kubrick como eu. Mas, quando chegou a hora de convidar pra sair, simplesmente não me respondeu até o domingo, quando eu já estava prestes a viajar. Lógico que essa vagabunda ouviu tudo que eu sabia de mais cabeludo em inglês (fui até no Google Tradutor pra ver como fazê-lo na língua dela). Nunca me respondeu, a covarde.

Nunca mais fiz isso depois de notar como era frequente mulheres postarem *prints* de caras sendo grossos no Tinder porque tomaram um vácuo. Certamente não queria ser exposto numa dessas, já tem gente o bastante me odiando na internet, obrigado (por nada demais, só por fazer às vezes uns comentários ácidos em rede social).

Se for pra ser honesto, preciso admitir que já tive uns *matches* com umas garotas nota seis que acabei ignorando também. Principalmente no início, quando estava mais desesperado, deslizava pra direita qualquer garota que não parecesse gorda, usasse aparelho ou gostasse de sertanejo. Depois fui percebendo que era melhor não fazer isso, mas mesmo isso tem pouquíssima comparação com o que a sueca fez comigo. Até posso ter desapontado uma garota ou outra, beleza, mas duvido muito que qualquer uma tenha ficado emocionada com minha foto e descrição, sei que eu mesmo sou tipo um nota sete e meio, no máximo. E isso quando estou em forma. Mas o fato é que uma garota com aquela beleza toda precisa ter alguma responsabilidade com o desejo que ela provoca no mundo.

No fundo, foi isso que me fez fazer o que eu fiz. Não digo que foi um passo assim racional, uma *decisão* que eu tomei. Mas acho que eu queria sentir como é estar do outro lado dessa equação. Mais uma vez, pra deixar claro: não tenho desejo *nenhum* de ser mulher. Mesmo longe de ser feminista, admito que de fato existem desvantagens graves de ter uma buceta (ganhar menos em alguns trampos, possibilidade de estupro e assédio, menstruar, engravidar etc.). Só que nesse quesito aí, em particular – que está longe de ser pouca coisa, vamos combinar –, nisso de arranjar alguém pra transar ou não, o poder está todo na mão delas. Todinho.

Então não é que eu quisesse realmente ser uma mulher em qualquer outro sentido. Mas queria ser uma mulher no Tinder. Eu queria ser uma mulher gostosa no Tinder, na verdade.

Queria deter esse poder na ponta dos meus dedos, sem que ninguém mais soubesse. E aí foi isso que eu fiz.

3

O primeiro perfil eu montei muito de qualquer jeito, em cinco minutos. Duas fotos que não mostravam a cara, ambas de uma gostosa de Brasília que dá pra todo mundo, mas que é meio psicótica (já riscou todinho o carro de pelo menos dois ex-namorados, já jogou vasos de planta num outro cara de cima do apartamento dela). Ela era meio atriz, meio cantora, meio acadêmica de Letras. Dizem que é incrível na cama, mas em troca você sempre tem que lidar com um comportamento performático e excêntrico, *intenso*. Eu nunca caí na armadilha, mas vários amigos já, por isso tenho essas fotos, recebidas por um deles anos atrás. Tem um rabo e pernas incríveis, basicamente o que aparecia na foto.

O nome era só S., porque achei que combinava com um perfil semianônimo. A descrição era apenas "Mulher casada procura Ricardão. Sem enrolação, só sexo". Abri uma vez e fui dando *like* em todos os perfis que apareciam, só de sacanagem, testando as águas. De cara, fiquei impressionado com como o cardápio de homens era um pouco menos diverso que o das mulheres. Embora houvesse muita repetição nos dois lados, muitos perfis genéricos repetindo os mesmos gestos, nos homens havia uma proporção quase inacreditável de selfies no espelho e dirigindo carros. Os mais criativos apareciam praticando esportes e tocando instrumentos, e olhe lá. Fiquei um pouco perturbado de ver que também há muito perfil parecido com o meu (fotos de DJ em festa usando camisa de banda, uma foto tocando guitarra, uma de sobretudo no inverno europeu, diretores e bandas favoritas na descrição).

Em menos de uma tarde, o perfil da S. explodia de notificações. Vários já mandavam o endereço, alguns já mandavam a foto do pau. Eu me caguei de rir, claro, olha como era fácil ser mulher. Era só prometer sexo fácil sem amarras que uma cambada de macho aparecia desesperada. Deletei o perfil e fiquei semanas tentando não pensar naquilo. Não respondi ninguém.

A ideia do segundo perfil foi bem mais maquiavélica, mais planejada. Surgiu um dia numa festa de amigos que estavam de mudança. Era um casal com uma filha de três anos; a esposa havia sido contratada pela FGV, e por isso os dois estavam indo pro Rio. Marcaram uma espécie de piquenique no gramado da quadra do final da asa norte onde moravam.

Eu era amigo próximo de todo o grupo que estava nessa festa, mas me afastara nos últimos anos, muito por causa de política. A maioria ali me acha fascista hoje, só porque eu não passo o dia gritando contra esse governo de merda que está aí e porque não tenho nenhuma intenção de votar no partido corrupto de esquerda contra esse governo na próxima eleição. Enfim. O fato é que quase não encontro mais ninguém desse grupo, em especial a Natália.

A Natália é talvez a mulher mais bonita que eu conheço pessoalmente, com certeza a mais gostosa do nosso grupo estendido de amigos. Depois de uma fase mais vida louca na juventude, em que saía muito e dava pra muita gente, passou a ser mais quieta e sossegada, pulando de namoro comprido em namoro comprido. Quase não usa rede social e passa muito longe de qualquer aplicativo de pegação. Terminou um último namoro recentemente com mais um homem barbudo roqueiro que era muito pouco caminhão pra sua montanha de areia e desde então vê-se um tanto de solteiro juntando-se em torno, como cardume, em qualquer evento que ela apareça.

Eu mesmo seria um desses, se não soubesse já com alguma certeza de que não tenho chance. Talvez tenha tido um dia, a gente chegou a ser muito amigo e ela parecia me tratar de um jeito flertante em algumas ocasiões (embora, pensando hoje, eu perceba que ela faz isso com todo mundo, indistintamente). Mas uma vez tivemos uma discussão muito acalorada sobre feminismo no Facebook, na real ela que veio se meter numa outra discussão pra defender a amiga, e desde então me trata com frieza. A frieza de uma mulher assim sempre dói, e talvez tenha sido por isso que eu tomei a decisão que tomei.

Na mesma pasta em que tinha guardado as fotos da piranha que usei pra fazer meu primeiro perfil falso no Tinder, apanhei duas fotos que então usei pra fazer meu segundo perfil. As duas eram da Natália cinco anos antes, fotos tiradas pelo seu namorado mais longevo, Telmo. Quando os dois terminaram o relacionamento aberto que tinham, a Natália tendo se apaixonado por um artista belga que morava em Alto Paraíso, o Telmo ficou tão ressentido que decidiu espalhar pros amigos a pasta que tinha de fotos e vídeos dela. Nunca fui amigo próximo do Telmo, mas sou amigo de um amigo dele e foi assim que consegui aquele tesouro. Não posso nem contar a quantidade de vezes que usei pra bater uma (os vídeos em especial).

Mesmo sendo fotos pouco conhecidas, e fotos que não mostravam o rosto de maneira decisiva, sabia que não devia abrir aquele perfil em Brasília. Como a própria Natália não usa o aplicativo, imagino que poucas pessoas poderiam reconhecer, mas não deixava de ser uma possibilidade. E eu não queria que ela descobrisse e muito menos queria ser descoberto fazendo aquilo. Então decidi usar o perfil apenas quando estivesse em Belo Horizonte, de onde vem minha família e pra onde viajo com alguma frequência.

Dessa vez, o perfil chamava-se "N." (muito criativo, eu sei). Mas até houve um esforço de criar um personagem crível. A descrição era "Gosto de quem tem atitude e sabe o que quer. Sem mimimi. Não costumo usar aplicativo e não gosto de enrolação. Bissexual. EN/PT".

Tinha quatro fotos e só numa dava pra ver o rosto mais ou menos bem, mas era o bastante pra constatar que era uma mulher deslumbrante, principalmente de corpo. Repeti o expediente de dar *like* em praticamente todo mundo que aparecia, em poucas horas a quantidade de *matches* foi ainda mais alucinante que no primeiro perfil. Vários paus e vários caras já chamando pra transar, certamente encorajados pelo que eu disse. Por alguns dias, apenas olhei as caixas de diálogo e ri do desespero de que o tesão é feito e de como ele variava pouco. Mas acabei respondendo ao primeiro mais insistente. Afonso. Um cara magricelo que trabalhava como TI no centro de Belo Horizonte, duas fotos com a Galoucura e uma andando de moto. Coitado, não teria nenhuma chance com a Natália de verdade. Mas feio não era. Mandou várias mensagens num espaço de poucas horas.

— oi linda nossa q q isso

— vc é daqui mesmo? Onde c gosta de sair?

— conheco a cidade toda podemos dar qlqr role que você quiser...

Alguns desses caras eu achava graça de enganar, mas aquele ali não. Tinha a cara de ser um pobre coitado que não devia comer ninguém. Foi o único caso em que decidi ser misericordioso. Cancelei o *match*. E quase deletei o perfil, até ver que tinha um alemão mandando mensagem em inglês pra N. Achei graça e decidi dar trela. Em algumas horas, acho que criei a imagem da mulher mais desejável possível para aquele homem. Tudo que ele falava eu achava graça, concordava, me fazia responsiva e impressionada. Elogiei o conhecimento dele de referências culturais brasileiras elementares e aceitei de bom grado as recomendações (superbásicas) de bandas e filmes europeus recentes. Depois de um dia quase todo falando abobrinha, ele disse que já viajaria de volta pra Alemanha no dia seguinte. Ao ouvir aquilo, falei que precisávamos pular etapas, então, e aí disse, rindo alto, que ele era muito atraente e que gostaria de ir pra cama com ele naquele noite, já que nunca tinha chupado um pau alemão.

Ele achou ótimo, claro, ou pelo menos riu de nervoso, e já saiu dando o endereço do hostel onde estava. Era perto da casa da minha tia, onde eu me encontrava, o que pareceu muito engraçado. Marquei num bar ali perto, que eu conhecia, às nove da noite, e falei pra ele se preparar para aquela noite. Sei que foi meio escroto, mas não foi planejado, uma coisa foi levando à outra. Fechei o celular rindo, mas me achando meio sacana, também. Pensei em deletar o aplicativo imediatamente, mas não fiz isso. Meia hora depois, minha prima belo-horizontina sai do trabalho e me liga chamando pra beber no mesmo bar, que era ali do lado. Eu me senti forçado a aceitar o convite, o que significa que foram laços familiares que me fizeram presenciar a tortura que eu infligi ao alemão à toa, só de pura sacanagem, ou seja, era o universo todo conspirando, e não só eu.

Cheguei ao bar umas 21h40 e estava lá ele sentado sozinho, todo arrumado, perfumado, terminando um chopp. Uma parte minha chegou a sentir pena, por um segundo, mas não durou muito (era um alemão alto e loiro que estava voltando pra Europa amanhã, ele não tinha do que reclamar). O resto da noite eu passei olhando pra ele e achando graça da situação que eu tinha armado. E de como tinha sido fácil fazer aquilo. Não era um poder que me trazia nada de muito verificável, mas não deixava de ser um poder.

4

Minha intenção inicial era usar o perfil da N. apenas em BH, como falei. Mas esqueci (e juro que foi esquecimento mesmo) de deletar a bosta do aplicativo quando voltei pra Brasília. Um dia, enquanto esperava alguma coisa, abri sem querer, achando que era o aplicativo do banco. Em minha defesa: ambos eram representados por foguinhos vermelhos; o que afinal faz todo sentido, suponho, pra aplicativos dedicados a dinheiro e sexo (as duas principais tecnologias do desejo).

A intenção primeira foi de fechar de cara, mas acabei me permitindo dar uma pequena olhada na oferta de perfis masculinos em Brasília, mais uma vez, por pura curiosidade (e um pouco, talvez, por pesquisa de mercado, ver o que eu poderia adotar pra tornar meu perfil mais competitivo).

Fui dando *like* em todos os perfis que apareciam de um jeito mecânico, mais uma vez rindo de como tantos eram parecidos entre si. E foi porque eu estava fazendo aquilo rápido demais, desatento demais, que acabei dando um *like* que jamais teria dado por querer.

O Plínio é um puta amigo meu, um cara com quem tive uma banda de pós-punk entre 2005 e 2011 (a melhor época da minha vida). Um cara incrível, talvez uma das pessoas que eu mais admiro no mundo e com quem mais gosto de interagir em geral. Baixista, DJ, produtor de festa e de som, o único de nós que faz isso da vida até hoje e parece viver bem. Um cara que fez mais pela cena independente de Brasília do que praticamente qualquer um, isso sendo de Taguá e sempre tendo que vir de longe pra tocar nos rolês do plano, sempre se fazendo de ponte e de carona pra mais uma galera, sempre disponível pra ajudar com tudo. Uma dessas raras pessoas que nunca brigou com ninguém de verdade no grupo e que todo mundo basicamente acha ao mesmo tempo um cara foda e um fofo. Também me afastei um pouco dele nos últimos anos, infelizmente, em grande parte por causa da ex-namorada, Taíssa, que era uma feminazi escrota. Mas ele nunca deixou de me tratar bem, ao contrário de muita gente. Não me chama mais pra porra nenhuma, mas ainda me trata com carinho. Eu inclusive não sabia, até vê-lo no Tinder, que ele tinha terminado com a Taíssa, pra estar na pista pra negócio daquele jeito, o que diz algo da nossa atual intimidade.

O Plínio tinha uma paixão pela Natália havia mais de dez anos. Eu sabia, mas mesmo quem não era próximo dele sabia, e isso porque ele basicamente jamais conseguiu esconder. Ele não era assim com outras mulheres, nunca tinha sido, mas ficava bobo perto dela igual menino, mesmo quando estava namorando. Era só ela falar qualquer coisa que ele ria, era só ela pedir qualquer coisa que ele se desdobrava pra atender. Não foi uma nem duas vezes que vi o Plínio sair mais cedo de um lugar com uma nova namorada ou ficante pelo motivo evidente de que a menina estava constrangida com o comportamento dele perto da Natália. E ele simplesmente não conseguia evitar, mesmo depois de receber alguns tocos dela ao longo dos anos, mesmo depois de receber uma série de puxões de orelha de pessoas diferentes.

Por isso o *like* que eu dei foi tão grave, e eu pude notar assim que aconteceu. O *match* significa que ele já tinha visto o perfil da N., e isso em si já não era bom. O Plínio não era próximo do Telmo, e de resto não era um cara que achava legal compartilhar essas coisas, pelo que me lembro ele tem essa coisa meio escoteiro com mulher, então não devia nem conhecer aquelas fotos.

Eu devia ter cancelado o *match* imediatamente, mas não fiz isso e não sei nem dizer o motivo. Fiquei encarando o perfil do meu amigo que eu não via há tanto tempo e pensando em como seria pra ele ver aquele *match*. O misto de surpresa, pavor, êxtase e expectativa. Mesmo se eu não falasse nada e cancelasse agora, ia deixá-lo com uma pulga atrás da orelha, talvez o motivasse a ir atrás da Natália em outro canal pra entender o que rolou. Basicamente: não tinha como aquilo não dar ruim de um jeito ou de outro. E ainda assim fiquei encarando aquilo até aparecer que ele estava digitando uma mensagem.

E aí minha curiosidade simplesmente não me deixou sair até ver o que ele diria.

— *Match* com amigo dá sempre aquele climão, né? Hehe. Mas vou dizer que achei ruim? Achei não...

Até que não foi ruim o approach dele, pensei. Dentro do possível. Coitado. Deve ter retocado cinco, dez vezes. Eu tinha que cortar aquilo o quanto antes e da melhor maneira possível.

— voce me reconheceu????

— como não, oxe...

— hahaha eu achava que tava discreto o perfil. sensual mas discreto.

Não sei por que falei isso. E desse jeito, ainda por cima. Juro que não sei. Podia ter desconversado e pronto. Mas me vi de repente falando como se fosse de fato a N.

— acho que tá superdiscreto sim, mas pra um desconhecido. Eu reconheceria essa raba em qlqr lugar do mundo, ce tá loko (com todo o devido respeito)

— hahahahaha xD

Lembrei de ver a Natália usando uns emoticons antigos assim no Instagram. Meio no instinto, eu não só estava me passando por ela, mas ainda me pegava tentando fazer o papel da maneira mais verossímil possível.

— te confessar que fiquei meio surpreso com o *match*, viu. Mas não tô aqui pra questionar nem pra complicar tô aqui pra somar.

— haha, você tá que tá, hein. pois é, né. te confessar que agora hesitei um pouco. Essas coisas com amigo às vezes são foda né.

Como a primeira, essa frase também só saiu, sem plano nenhum. Mas percebi que eu podia tentar cavar uma saída gentil por aí, com cuidado. Poderia ser o melhor desfecho possível.

— vdd. Pode ser. Mas pode ser uma delícia também.

— hahahaha, c é mt bobo, plins

"Plins" era um apelido antigo do Plínio, que foi criado por um desafeto dele no ensino médio e do qual ele nunca gostou, não só pela origem mas por achar que era um apelido que o emasculava e o deixava infantil. E ele já tinha, segundo ele, uma coisa de ser meio inofensivo demais com as mulheres. "Prefeito da zona da amizade", ele falava, antes de a Taíssa recriminá-lo brutalmente em público, repetidas vezes, por usar esse termo. Ele já odiava "Plins" quando era adolescente, que dirá agora que estava perto dos quarenta. Meu uso aqui também foi instintivo, mas de novo nessa direção de desarmar o que havia de tenso na situação.

— acho que não é nenhum segredo o que eu sinto, né. acho que nunca foi muito segredo. mas relaxa se tiver preocupada com minhas expectativas, eu tenho noção de proporção. não vou achar que você quer algo sério se tu tiver a fim de uma transa só de sacanagem, c um amigo.

"Enfim, não que eu queira só isso, necessariamente !!! só quis dizer que topo qualquer configuração aí, sem compromisso. dois amigues se curtindo e vendo no que dá. tamo aí etc."

Coitado, puta merda. Dava pra ver que ele estava se desdobrando pra agradar, morrendo de medo de estragar tudo falando a coisa errada. Conseguia imaginá-lo suando em casa, girando no sofá-cama, mexendo no cabelo (como eu sei que ele fica nessas situações). Eu tinha que responder alguma coisa.

— Sei... obrigada por dizer isso. ainda assim, sabe, eu fico meio na dúvida. não quero perder nossa amizade. desculpa

Essa ele demorou pra responder. Pensei que podia ter sido a pá de cal. Mas uns dez minutos depois chegou a resposta, agora mais seca.

— Não tô entendendo por que deu *like* então. mas enfim. Qlqr coisa tamo aí.

De tudo, esse momento é o que acho mais difícil de explicar pra mim mesmo. Eu podia ter abandonado a conversa nesse ponto, deletado o perfil em seguida e pronto. Já teria feito merda, mas o dano teria sido contido. Mas aí não fiz isso. E juro que parte de mim não fez isso ali porque ficou com pena dele e quis dar um afago na sua autoestima.

— dei *like* porque eu sempre quis ver o seu pau.

Ele começou a digitar uma resposta algumas vezes, mas demorou a sair alguma coisa.

— se quiser eu mando uma foto agora.

— agora não. mais tarde. eu tô na rua agora.

— ok

Desliguei o celular depois disso e o joguei pra debaixo da minha própria cama. Sabia que não podia continuar, não podia de jeito nenhum. A Natália não merecia isso e o Plínio, menos ainda. Comparado com o resto da galera, ele foi dos mais corretos comigo, afinal. Não entendia qual era a graça perversa que me dava. Não entendo até hoje.

Fui tentar me distrair, mas estava difícil. Fiquei vendo vídeo idiota numa conta de chorume que eu sigo numa plataforma por uns quinze minutos, e até que funcionou. Tentei assistir ao meu seriado favorito em outra plataforma, mas não estava me dando o prazer que geralmente dava. Abri uma cerveja e acabei pegando o celular de novo. Era umas nove e tanto de uma quinta-feira, eu tinha ficado com o celular desligado por umas duas horas, talvez. Quando fui ver, tinha cinco mensagens do Plínio.

A primeira era uma foto do pau comprido, fino e torto do Plínio. A segunda era a mesma coisa, só que de outro ângulo e iluminação, mais favorecidos na fotogenia geral. A terceira era:

— E aí, passei no teste?

Com um emoji de óculos escuros.

Dez minutos depois:

— Parece que não. Ou só esqueceu mesmo

E aí vinte minutos depois:

— Provável... rs

Pior que o pau dele era grande mesmo, pela foto. Maior que o meu com certeza, porém mais feio também, meio esquisito. Não sei se isso incomoda as mulheres, no fundo pra mim todo pau parece um ciclope zoado, algo que deu errado. Ainda assim, fiquei com pena dele. Não queria deixá-lo daquele jeito. Terminei a cerveja que tinha aberto quase num gole e abri outra. Digitei a resposta toda de uma vez e mandei antes que desistisse.

— Não é isso. Eu só desliguei os dados do celular e não tava me deixando acessar. Mas isso porque eu queria muito ver. E ele é enorme, delícia, deu muita vontade de mamar. Mas é melhor não.

Ele respondeu em menos de um minuto.

— Dá sim. Dá demais. Eu prometo que não vou encher teu saco depois, relaxa. Não quer chegar aqui? Posso ir aí também.

— Não, também não é assim. Calma. Vamo tomar uma cerveja antes, ver o clima.

— Claro! kkk

— Sabe o campinense?

— Sei demais.

— Bora lá daqui a meia hora?

— Nem sabia que cê gostava de lá. Tu ainda tá morando na cinco?

— Não gosto muito, mas não deve ter nenhum amigo nosso lá hoje. Nem naquela quadra, acho. Aqui no Pardim deve ter doze amigos nossos.

— Ah, boa. Verdade.

Como antes, realmente não sei dizer o que me deu. Me pareceu que tirar a interação do mundo virtual era uma forma imediata de acabar com aquela conversa, pelo menos. Em seguida, deletei a conta. Voltei a assistir ao meu seriado e abri uma terceira cerveja. O tempo todo que o seriado passava, eu só imaginava o Plínio se arrumando todo e chegando ao bar todo perfumado, igual o alemão tinha feito em BH. Só que não era um gigante loiro que estava voltando pra Europa e já devia ter comido várias brasileiras gostosas na viagem, pagando ou não. Era só o Plínio, coitado, que até comeu muita gente no auge da nossa banda e das nossas festas, lá pra 2011, 2012, mas que eu sei muito bem que passou por umas boas secas depois dos últimos fins de relacionamento e podia muito bem estar em outra agora.

Ele realmente não merecia, e eu nem conseguia explicar pra mim mesmo por que estava fazendo aquilo com ele. Continuei vendo besteira na internet e bebendo cerveja até umas dez e quarenta, quando a cerveja da geladeira acabou. E aí comecei a me encaminhar pro Campinense. Não cheguei nem a enunciar pra mim mesmo que faria isso, mas só meio que fui pegando minhas chaves e meu celular, botando um casaco porque estava meio friozinho, saindo de casa e pulando do piloti pro gramado. Era o bar mais próximo da minha casa, portanto era o bar que eu frequentava quando só queria beber algo sozinho e rápido ou mesmo só levar umas cervejas geladas pra casa. Não bebia lá com nenhum dos meus grupos mais antigos de amigos havia anos, então não era um bar que os outros associavam comigo, até onde eu sabia.

Vou chegando perto do Campinense mexendo no celular, e é quando vejo o Plínio de costas, uma garrafa de Original quase terminada em cima da mesa com o copo dele pela metade. Ele está tentando estalar os dedos das mãos. Hesito um pouco antes de rodear a mesa e encontrá-lo, fico em dúvida se passo distraído e espero que ele me cumprimente, fingindo que não vi ainda. Mas vai que ele finge que não me vê? Acabei chegando por trás e dando um tapão nas costas daquele jeito mais *brou* possível.

— *Fala*, véi. Tempão.

Ele vira com uma cara claramente de quem esperava outra coisa. Mas tenta disfarçar abrindo seu sorriso largo.

— Fa-ala, bicho, caraca. Tempaço mesmo. Tudo bom?

— Tudo massa, ia comprar uma cerva pra levar pra casa, tá sozinho aí?

— Tô. Assim, na real tô esperando alguém. *Datezinho* de tinder.

— Ah, vesh, então quero te atrapalhar, não.

— Aquela coisa.

— Deixa só eu te fazer companhia até ela chegar, então.

Falo isso já sentando na mesa dele. Ele quase diz algo em resposta, mas empaca, a boca aberta. Já tinha mais de uma hora do horário combinado com a N., ele devia ter se tocado e desistido àquela altura. Pensei de repente que beber com ele ali poderia ser uma forma de compensar pelo que eu tinha feito. Pelo menos não deixaria ele sozinho daquele jeito tão deprimente, olhando em volta de dois em dois minutos pra ver se a pessoa chega. Qualquer um que preste atenção entende rápido o arranjo patético da cena. Mas ele claramente não tinha desistido, porque não conseguia nem fingir por um instante que estava feliz que seu amigo de longa data lhe propôs fazer companhia por um momento.

— Cara. Então. Se fosse um *datezinho* normal, eu acharia massa, saca. Claro. Trocar uma ideia aqui até ela chegar, e tal. Seria ótimo, na real.

— *Mas*?

— A coisa é que não é um *date* normal, saca. É uma amiga em comum que tá vindo aí. É treta, véi.

— Uepa. Aí sim. Quem é? A Jana de novo?

— Não, bicho, tá louco. Quero distância daquela ali, tu sabe. E tu não tem ideia quem é. Eu não quero nem falar pra não gorar, sei lá, mas te falo depois que rolar, juro.

— Porra, pera aí, tu tá basicamente me expulsando da tua mesa e não vai nem falar quem é? Porra, hein. Imagino que seja gata pra tu tá ansioso desse jeito.

Falei isso num tom que era pra ser de brincadeira, com sorrisinho no canto da boca. Mas o Plínio fecha os olhos, tira os óculos e põe o indicador e o dedão perto dos dutos lacrimais. Ele parece estar se esforçando muito pra se segurar ou para decidir o que fazer.

— Cara, sem sacanagem. Tu não tem noção do que isso significa pra mim. Não tem. E a questão não é tu estar na mesa, saca.

Ela escolheu esse lugar justamente pra gente não encontrar amigo nenhum. Pra gente ficar à vontade, saca. Então tenho certeza que se ela chegar e tu tiver aqui, ela vai ficar sem graça, sei lá. E aí não vai rolar. Ou pelo menos vai dificultar as chances de rolar.

— Ah, tá. Então tu quer que eu vá embora do Campinense? Caralho, beleza então. Basicamente me expulsando do meu próprio quintal.

Meu tom era irônico, tentando deixar claro que era tudo brincadeira, tentando reduzir a gravidade de tudo que estava acontecendo, jogar tudo pra baixo como uma conversa leve e cúmplice entre *brous*. Mas assim que falo percebo que a resposta saiu atravessada, agressiva. Talvez porque eu tivesse ficado incomodado de verdade com a vontade dele de me despachar o mais rápido possível.

— Bicho, sério. De novo: tu não tem ideia do que é isso pra mim. Tu tá do lado de casa, falou que ia comprar uma cerva pra levar, não falou? Só te peço isso, pra comprar e ir logo. A gente se encontra pra beber outro dia, porra, prometo. De rocha. De boa? Serião.

— Sei, qual foi a última vez que isso aconteceu? Desde que geral passou a me odiar tu nunca mais chamou pra nada.

Nessa frase o Plínio fica sério, de repente. Parece ter perdido a paciência.

— De novo você vem com esse papo, cara. Porra, véi. Pra quem vive falando dos mimimi dos outros, você também parece que gosta pra cacete de reclamar, hein? Porra.

— Foi mal, tô só de sacanagem, pô, tu sabe. Mas não deixa de ser verdade, depois que o comitê feminista decidiu me cancelar, nunca mais me chamam pra porra nenhuma.

— Ninguém te chama mais porque tu fala essas coisas, porque tu enche o saco pra caralho, não é porque ninguém te cancelou ou deixou de te cancelar.

— Beleza, beleza. Tu conseguiu, vou embora, fica aí numa boa esperando essa pessoa que tá te dando bolo aí. Boa sorte.

— Não sei nem daonde tu tá tirando essa intimidade pra me cobrar, aliás. Desde que a banda terminou, a gente nunca mais foi próximo. E agora tu ainda quer tirar satisfação? Tá doido, bicho.

Eu estava tentando minimizar o dano com ele, estava tentando ser gentil, e o filho da puta ainda me tratava assim. Nossa amizade já estava fragilizada, talvez agora tivesse ruído de vez. E eu não queria ter provocado nada daquilo. Levanto sem falar nada, mas não me seguro de falar mais uma coisa quando já estou de pé, antes de me afastar da mesa.

— É a Natália, né? Tem que ser ela, só pode ser ela pra tu ficar esperando desse jeito todo nervosinho. Só pode ser. E, se for, pode esperar deitado aí que parece que o jogo dela agora é esse, viu. O jogo doente dela. Dá *match* com os amigos, pede foto do pau e depois some.

Eu devo ter ficado branco quando falei isso, ou vermelho (as duas coisas acontecem comigo facilmente quando fico constrangido ou irritado, tanto ruborizar quanto empalidecer). Plínio faz uma cara de terror absoluto quando ouve, e seus olhos parecem denunciar maquinações furiosas da cabeça por trás. Tipo uma CPU cujo funcionamento de repente você consegue ouvir.

— Como assim? Isso rolou contigo? Como que tu sabe isso?

Eu sorrio de um jeito cínico pra ganhar tempo. Não tenho ideia do que dizer. Nem o que soa mais crível, nem o que soa menos patético. Não consigo julgar, só fico com a boca aberta quase gaguejando.

— Ela fez isso com um amigo nosso. Mas que me pediu muito pra não falar quem era. Deu *match*, pediu foto do pau, marcou de encontrar e não apareceu.

O Plínio ouve e sua expressão continua tensa, sem se resolver. Como se estivesse ainda julgando a verossimilhança do que ouviu.

— Isso não parece com ela. A Natália não é assim.

Eu devia ter concordado com isso, pensei depois mil vezes. Dez mil vezes e contando. Eu devia ter falado *pensando bem, de fato a Natália não parece que faria isso com amigo mesmo, sei lá. Talvez com um estranho, mas não com um amigo*. Em retrospecto, acho que foi essa a cereja no bolo de merda que fez com que o Plínio suspeitasse de mim, meses depois, quando acabou conversando com a Natália e descobrindo que ela nunca tinha usado o aplicativo.

Ao descobrir isso, ele veio me perguntar na mesma hora, mais uma vez, quem era afinal a pessoa que havia sido enganada pelo perfil falso e pediu ainda pra que eu avisasse a essa pessoa que o perfil não era, com certeza absoluta, da Natália. Repeti que não podia falar quem era, mas que repassaria a informação com certeza. Nunca mais falou comigo nem respondeu mais qualquer mensagem minha sobre qualquer assunto. A Natália claramente evitou me cumprimentar num aniversário recentemente e ela nunca tinha chegado a esse ponto antes. Eu nunca fui acusado de nada por ninguém, mas sinto que todo mundo naquela galera agora acha que eu fiz isso, mesmo sem ter prova nenhuma. O que é totalmente a cara deles, santinhos do pau oco e carrascos de héteros brancos cis sei lá o quê.

Por isso acabo voltando muito pra esse momento. Ali, sentado no Campinense, o Plínio ainda sem saber se acredita em mim ou não. Claro que o ideal mesmo seria nunca ter feito nada disso, suponho. Mas assim eu não teria aprendido nada, acho. Tendo feito essa merda, acho que pude entender pelo menos um pouco do poder que elas têm, e consigo inclusive apreciar bem melhor do que antes eu conseguia, que deve ser difícil, sabe, deter isso no teu próprio corpo por aí, o dia todo, como uma espada ou um lança-chamas. Não acho que seja tão difícil quanto ser *devorado* por esse poder o tempo inteiro (em todo lugar que você vai, quase todo filme, toda plataforma que você abre etc.). Está longe de ser a mesma coisa, mas agora entendo que pode ser complicado, sim, que pode ser difícil, a seu modo.

Volto pra esse momento de maneira obsessiva, o Plínio querendo entender o que aconteceu com ele e eu insistindo que a Natália havia feito aquilo antes. Se eu mesmo tivesse aventado a possibilidade de ser um perfil fraudulento e até contado sobre as fotos do Telmo, casualmente, a gente poderia solucionar o caso juntos e ele jamais teria suspeitado de mim (por exemplo). Nossa amizade poderia até ter reacendido com aquilo, quem sabe? E talvez tivesse sido a forma menos dolorosa pra ele processar aquele dia esquisito. Ele ficaria puto, claro, mas com uma entidade misteriosa e sem nome, não *comigo*, e tampouco com a Natália, que afinal não fez coisa alguma pra causar nada disso (não naquela ocasião, de todo modo).

Mas vocês já sacaram que não é isso que eu fiz. O que eu fiz diante da hesitação sensata do Plínio foi fechar a cara numa carranca azeda e dizer:

— Cara, se tem algo que eu aprendi com o Tinder é que quase toda mulher gostosa é assim. Totalmente sem noção, totalmente irresponsável com o que elas provocam nos outros.

366.GGR

Desde 2012, eu trabalhava na rua da informática, em Brasília, no Distrito Federal. Pra quem não conhece, é a quadra comercial da 207, quase toda composta de lojas do ramo. Eu trabalhava numa das três ou quatro lojas que ficam no subsolo da quadra, e que por isso tem menos movimento. Sempre fui bom de computador, mas nunca tinha trabalhado na área até chegar à Tech-Tudo, a loja do ex-marido da minha mãe (a única pessoa que aceitou me contratar mesmo sem experiência prévia com atendimento).

Ele era um péssimo administrador, eu mal entendia como a loja não fechava. Eu ficava às vezes o dia inteiro sozinho, sem que aparecesse ninguém lá naquele subsolo desgraçado (a loja é pequena, no máximo dá pra ficar duas pessoas trabalhando e já é meio demais). A gente vendia umas placas de vídeo e uns HDS externos de vez em quando, mas a maior parte do serviço vinha de uns poucos clientes fixos que apareciam sempre com suas CPUS pra ser consertadas. Na época dos eventos que vou contar pra vocês, a gente ainda não tinha ar-condicionado, então dá pra imaginar como aquilo ficava quente e abafado no verão. Eu só podia fechar a loja pra almoçar, mas aí eu esticava o almoço o máximo que dava pra fugir daquele sovaco no auge do sol, ficava ali fora sempre uns vinte minutos a mais, diante da loja, pensando que, se aparecesse algum cliente surpresa, eu correria pra abrir. Ninguém nunca chegava, mas eu ficava sempre alerta.

Nesse dia, eu estava lá no fim do intervalo sentado na mureta comendo minha fatia de pizza queijuda e sem gosto da padaria quando vi um senhor se aproximando de longe. Ele tinha sobrancelhas enormes, estava bem-vestido e vinha caminhando no mato da quadra desocupada que tem do lado da 207. Acho que notei o cara de longe porque ele se mexia esquisito, além de ter essas sobrancelhas estranhas, grossas demais. Pensei primeiro que estava bêbado, mas, chegando mais perto, vi que não. Parecia alguém que tinha um problema desses neurológicos ou que estava andando pela primeira vez depois de anos sem andar. Tentei não olhar demais também. Como vi o cara vindo ainda de longe, e ele andava devagar, meu horário de almoço terminou antes de ele chegar na comercial (boto o alarme do meu celular pra tocar na hora). Eu devia ter entrado de volta pra loja logo, mas alguma coisa além do calor me fez esperar. Talvez o fato de que o homem mantinha contato visual comigo desde longe.

Quando chegou perto, já parecia estar falando comigo baixinho, sem ter me cumprimentado, como se a gente não só se conhecesse, mas estivesse conversando há alguns segundos, um sorriso meio agoniado na cara. Só ouvi uns fiapos dumas frases fraquinhas que não consegui entender. Falei: Oi? Desculpa? E disse que não tinha entendido nada. Imaginei que fosse gringo (e afinal era). Ele de repente falou bem mais alto, enunciando as sílabas com cuidado excessivo, e perguntou desse jeito engraçado, primeiro, se aquela era a "rua da informática", e, segundo, se eu trabalhava numa das lojas da quadra.

Eu disse que sim e sim. Meu horário de almoço alongado tinha me rendido um cliente pela primeira vez, imagina. Em seguida, ele me deu um CD numa caixinha dentro de um envelope marrom que também continha uma folha de papel com instruções anotadas. Falou que eu fizesse o que estava ali e que não era complicado. Isso era vinte e tanto de setembro de 2016. Falou bem devagarinho e repetiu tudo umas duas ou três vezes. Era *muito importantche* que eu recebesse os arquivos daquele CD e realizasse os procedimentos escritos na folha, ele falou, e me pagou cem reais numa nota novinha que retirou do bolso. Falou que eu receberia mais depois se fizesse tudo direito.

Pedi pra ele entrar na loja pra eu dar o recibo a ele direitinho, mas ele pareceu achar isso muito estranho ou suspeito, disse "melhor não, não precisa". Falei que ia entrar pra resolver o negócio logo, então, e ele aí só ficou lá fora esperando, sem reagir ao que eu falava. Parecia ter me escolhido só por ser a única pessoa por perto quando ele chegou ali pelos fundos da quadra. O homem tinha os braços e os ombros muito tensos, repuxados, mas mantinha um sorrisinho meio esquisito o tempo todo, olhando pros lados e pra todo mundo que passava com um maravilhamento meio bobo. Bêbado não estava, mas podia ter tomado outra coisa, lembro-me de pensar. Fui entrando no prédio e acenando pra ele de longe. O homem ficou parado no sol olhando pra tudo que passava, uma pose toda desajeitada de quem não sabia o que fazer com os braços, com as pernas.

As instruções na folha eram de fato bem simples. Passar as fotos contidas no CD de um formato de arquivo (.jpg) pra um outro formato (que eu desconhecia, .ggr) e enviá-las depois pra um endereço de e-mail. Já na época, CD era uma mídia bem ultrapassada, não entendi por que não mandar logo digitalmente. No mínimo botar num pendrive, em vez de gravar um diacho dum CD. E pra que arranjar um desconhecido na rua pra fazer isso quando todo mundo hoje tinha celular e internet? A situação era meio inusitada, mas tudo bem, eu tinha toda a disposição de merecer meus cem reais e ganhar até mais.

Quando desci pra reabrir a loja, nossa internet tinha caído (o que acontecia direto). Reiniciei o roteador e o computador e fiquei esperando um pouco pra ver se voltava. Não voltou . Subi de volta pra avisar o homem que demoraria um pouquinho e ele não estava mais lá. Comecei a duvidar de que fosse receber mais alguma coisa. Já que ele não quis recibo, e a internet ainda tinha caído, decidi que não ia fazer aquilo no computador do trabalho. O serviço seria meu, não da loja (ele falou comigo lá fora durante meu intervalo, afinal).

Só quando cheguei em casa é que botei o CD no computador. Antes de ver as fotos com cuidado, fui procurar o tal do formato de arquivo que ele queria. A única coisa semidifícil do pedido era esse formato bizarro. Só depois de uns vinte minutos no Google, lá pela décima página de resultado, encontrei um programa *freeware* que convertia para aquele formato específico graças a uma menção num post de 2006 feito num fórum de engenharia por algum anônimo aleatório (são sempre esses que salvam). Aparentemente, era um formato russo de arquivo de imagem desenvolvido pra calibragem e compressão de fotos de satélite, usado brevemente por comunidades de pirataria de história em quadrinhos no início do século (também russas), totalmente obsoleto hoje. Um único programa dedicado à conversão de vários formatos de imagem ainda lidava com ele, e a última versão desse programa datava de 2011. Seu site já estava fora do ar em 2016, mas ainda se conseguia encontrar uns espelhos pra baixá-lo aqui e ali. Só acreditei mesmo quando saíram do outro lado as imagens com a extensão .ggr. Eu não tinha nem como testá-las, mas isso ele não me pedira pra fazer. Passei a achar que talvez fosse ganhar mesmo mais dinheiro. Foi mais difícil do que eu imaginava, afinal.

Só aí fui ver as fotos com calma. Eram mais de trezentas, todas de resolução bem baixa, pra uma época que todo mundo já tinha câmera de 2 ou 3 megapixels no bolso. A maioria não tinha nem 200 kb. Mais da metade eram fotos de uma festa, um encontro envolvendo umas duzentas pessoas. Um trem organizado, com bufê, a maior parte muito bem-vestida, várias fotos grupais coreografadas.

Meus primeiros chutes foram de uma conferência profissional, mas a presença de algumas crianças tornava isso meio improvável. Também não parecia ser uma festa familiar, porque as pessoas não pareciam íntimas, no geral, e muito menos aparentadas, na maioria. Na verdade, não pareciam ter nada muito óbvio em comum, nenhum conjunto evidente conseguiria ordenar aqueles elementos. Uns vestidos chiques, outros bem simples, uns com roupas profissionais inadequadas (médicos, frentistas, garçons), dando até impressão de uma festa à fantasia pouco criativa, talvez feita por obrigação. Tipo uma confraternização da firma que nunca engrenou? De uma firma grande, cheia de gente diferente que não se conhece direito?

Ainda assim, alguns pontos destoavam também dessa possibilidade. Eu me sentia um detetive, sendo que nem crime havia pra resolver. Logo quando eu estava começando a perder o interesse, as fotos (lá pra 062, de 365) começaram a ficar bem mais estranhas, as expressões e os comportamentos das pessoas cada vez mais incompreensíveis. Uma pessoa chorando e várias sorrindo, uma pessoa sorrindo e duas calmamente tirando a roupa, quatro pessoas transando mecanicamente e uma delas gritando de raiva, uma dormindo em cima da mesa enquanto cortavam seu cabelo, três mulheres velhas levantando os vestidos pra mostrar figuras geométricas tatuadas em volta do umbigo (triângulo, quadrado, pentágono). Crianças comendo arroz com as mãos direto de uma panelona, três homens jogando pro alto uma mulher inerte, talvez desmaiada. Eles não pareciam envolvidos com aquilo, os gestos não pareciam significar muita coisa, pareciam modulações quase abstratas de comportamento. Pessoas agrupadas umas diante das outras, coreografias mecânicas capturadas de forma também mecânica, só um acúmulo arbitrário de rasgos e repuxos dos rostos.

Tudo que eles faziam parecia dirigido ao fotógrafo, como se não valesse por si mesmo, mas tampouco parecia tanto uma "cena", a composição era quase sempre muito desleixada, dando a impressão de que havia coisas ainda mais estranhas ou sinistras acontecendo fora de quadro. Fui seguindo cada uma das fotos, meio com medo, parte de mim meio querendo que eles progredissem ainda mais no absurdo (mutilações, talvez? Bestialidade?), mas a série se interrompeu de uma vez, numa foto qualquer (um homem fazia sexo oral em outro, que sorria sem prazer ou safadeza alguma, apontando algo numa revista de decoração pra uma senhora de roupa de bailarina com uma cara preocupadérrima).

As últimas cem fotos eram de um casamento. Uma cerimônia pequena, seguida de uma festa um pouco maiorzinha.

E eram as mesmas pessoas da série de fotos anterior. Só que agora normais, sorrindo de maneiras compreensíveis, abraçadas em combinações coerentes, socialmente coesas, o casal perfeitamente adequado, os tios detectáveis, os pais chorosos, os primos distantes apenas educadamente emocionados, um músico de rabinho de cavalo com cara de quem estava tocando Jorge Vercillo, a vovó feliz por ainda estar viva, sendo celebrada.

Eram as mesmas pessoas, reorganizadas em padrões absolutamente previsíveis e desinteressantes, parecendo inclusive uma família até feliz, o casal (ele meio gordinho, ela baixinha e nariguda) parecendo viável, até onde é possível de se dizer por uma foto. E, depois de eu ter certeza, conferindo de novo algumas fotos específicas, de serem aquelas as mesmas pessoas, todas elas, eu percebi algo muito estranho na última série.

Notei que as emoções adequadas que eu achei que tinha reconhecido em todos eles não convenciam de verdade, que pareciam agora falsas, atuadas, recompostas a partir de direções. Eles não eram, eu precisava supor, humanos (ou ao menos tentavam com muita força parecer que não eram). Ou isso, ou era uma convenção extraordinária de pessoas com distúrbios neurológicos supersingulares. Talvez uma mesma doença genética? Que todos eles tinham e por isso se encontravam? Pra que todos pudessem ser esquisitões daquele jeito juntos. Havia sempre a possibilidade de uma elaborada peça de arte contemporânea, algo assim. Não sou desse mundo, mas não me parecia ser o caso.

Fiquei quase uma hora vendo as fotos sem nem lembrar das instruções do cara sobrancelhudo. Não era como se eu esperasse tirar conclusões novas de repente sobre o troço, de repente entender do que se tratavam, solucioná-las de uma vez só. Mas também não queria aceitar que eu fosse no final só uma pecinha inconsequente no trânsito daquelas imagens pelo universo, daquelas cenas tão outras. Que, em seguida, eu digitasse um comando simples de endereço (jvvtt@gmail.com) pra que as imagens chegassem da maneira conveniente pra quem quer que estivesse do outro lado sem que eu nunca mais soubesse nada delas. Eu quis, mas quis mesmo, quis porque quis, me intrometer naquela transação de algum jeito. Quis deixá-la marcada. Em vez de mandar as fotos, então, mandei antes pro e-mail uma mensagem perguntando que fotos eram aquelas. Só isso. Fiz bem rápido, antes que pudesse mudar de ideia. A resposta chegou quase na mesma hora:

> "Não se preocupe com essas fotografias, são apenas uma bobagem. Gostaria que as enviasse agora, por favor, querido. Mais pagamento virá após conclusão, forneça suas informações bancárias. Atenciosamente, Marcelo."

O texto estranho me deixou pensando de novo que talvez fosse um estrangeiro (embora o povo da foto não parecesse, pelo menos não a maioria). Ainda sem acreditar direito, mandei o e-mail com minhas informações bancárias. Em seguida, converti finalmente as fotos pro tal do formato, que quase ninguém no mundo usa. Mas, ainda assim, não quis mandar. Chegaram três mensagens de e-mail nas duas horas seguintes. Não sei se eu estava já enviesado, mas achei cada uma mais bizarrinha que a outra.

"É muito importante que, o que quer que aconteça, você não abra as fotos. São fotos pessoais, fotos de família pessoais. Íntimas. Mais nada.
Abracos,
Marcelo"

Eu devia responder, mas no lugar disso só fiquei olhando de novo as fotos, achando que ia pegar algum novo detalhe que me faria entender e acabar logo com aquilo, talvez ganhar mais cem reais. Eu só queria no mínimo entender um pouco melhor o mecanismo daquilo em que eu estava tomando parte antes de mandar. Minha hesitação não vinha de um medo de estar metido com algo errado nem nada assim. O sentimento era muito mais de não querer ser deixado de fora daquele jogo estranho, digamos. Qualquer que ele fosse. O segundo e-mail veio todo em itálico.

"Caso abra as fotos, é importante saber que está cometendo crimes, de acordo com sua própria legislação nacional e mesmo internacional. Vários crimes.
Sinceramente,
Marcelo"

A última parecia, ainda mais que a anterior, uma ameaça, mas veio fraseada como uma pergunta.

"O QUE VOCE ACHA QUE ESTA FAZENDO AFINAL NAO SEI SE ENTENDEU AS CONSEQUENCIAS RAPAZ AS FORCAS QUE PODEM RECAIR SOBRE

NAO SO VOCE MAS TODOS NOS, É GRAVÍSSIMO MEU SENHOR ??????"

A tensão progressiva das mensagens não me convenceu a obedecê-las. Só me deixou achando que eles estavam com medo, que o poder estava nas minhas mãos. Mas não sabia o que fazer com ele. Só na madrugada daquele dia, meio bêbado, quase três da manhã, é que me veio a ideia – idiota, eu sei, hoje eu *sei* que não fazia sentido. De tirar minhas próprias fotos. Tentei emular a estranhice particular das expressões deles nas fotos – abstratas, exageradas em mais de uma direção ao mesmo tempo, com putarias e crueldades comicamente incongruentes. Tirei várias. Pelado, chorando, bêbado, riscando minha pele com canetinhas da minha irmã. Misturei duas delas no meio das outras, no mesmo formato, mais ou menos do mesmo tamanho, com resolução tosca. Não sei o que me levou a isso. Pareceu muito natural, na hora. Mas vocês têm que entender que não era possível pra mim imaginar as repercussões dessas fotos, com as informações que eu tinha. Imaginar que aquele cara estranho tinha passado por tudo o que ele passou pra conseguir transmitir a mensagem com segurança. E muito menos seria possível sequer sonhar o efeito das *minhas fotos*, em particular. Vocês têm que admitir. Ali, em 2016, eu não tinha como supor que aquela série de imagens poderia executar ou fazer emergir alguma coisa no mundo, que poderia ser inteligível pra outra espécie, poderia botar em movimento protocolos irreversíveis a muitos anos-luz da Terra. Quer dizer, não dava pra imaginar. Ninguém nem sonhava na época com todos esses outros circuitos que estavam correndo bem à nossa frente, todos os poderes que existiam e reinavam debaixo dos poderes diurnos. Ninguém imaginava ainda o tamanho que a noite tinha, naquela época, nem o tanto que ela é maior que toda luz que a gente conheça. E por isso mesmo *muito menos* dava pra imaginar que eu estaria de alguma forma corrompendo a série daquela transmissão tão importante com minhas adições, cagando bonito toda aquela coordenação transespecífica heroica, construída por tantos seres a tanto custo, ao longo de tanto, tanto tempo, com tanto sacrifício, tanto suor e tanta lágrima, todas aquelas instruções coreográficas precisas feitas pelos Outros pra conflagração cósmica & a reconfiguração subsequente. Mesmo quem não conseguir me perdoar terá de admitir, espero, que eu não tinha mesmo como imaginar. Eu era menos ainda capaz de entender que eu seria, no final das contas, de todos sem dúvida o maior responsável por todo o desastre que vem acontecendo, a sucessão de cataclismos que nos trouxe até aqui. Claro que hoje eu penso, hoje eu penso. Todo dia eu penso, aliás. Já foi muita análise aqui, viu, e olha, as desculpas que eu peço, elas não têm fim.

DEMARCAÇÃO DIAMANTINA

I

Lucca Lucchesi era um jovem ambicioso que já havia empreendido quatro desastres empresariais antes de chegar aos trinta, quando começou a conjurar seu projeto mais mirabolante, aquele que desde o início percebe que será a culminação de toda a sua vida. Seu pai, Pierpaolo Lucchesi, herdara quase sozinho o maior império de gás e energia da região Sudeste, seus bolsos eram fundos e bancaram, sem grandes traumas até agora, o desejo do filho de montar a primeira startup brasileira de ações caridosas (que cobraria uma taxa para agenciá-las), assim como sua hamburgueria gourmet um ano depois (num bairro que já tinha seis outras) e, por último, o ímpeto entrar de sócio numa barbearia que funcionaria também como cervejaria artesanal (e que fechou em menos de seis meses).

No total, Pierpaolo tinha perdido tanto com essas empreitadas que dava para comprar um apartamento no Leblon. Por isso, fez seu filho se contentar com um apartamento de dois quartos no Humaitá, no seu trigésimo aniversário, como uma espécie de punição. Homens menos ousados poderiam desistir de empreender diante dessa sequência de adversidades, mas

Lucca só fez redobrar a aposta. Isso o pai até admirou, mas também insistiu que não botaria grana no novo conceito até ver alguma chance real de dar certo.

Em maio de 2018, Lucca começou a desenvolver seu projeto de uma empresa de *coliving* e *coworking* que trouxesse a dimensão dos games para o mundo do trabalho, "potencializando de uma só vez a espiritualidade pessoal e a ética corporativa sustentável". A empresa iria se chamar Liveup.

— Ou seja — seu pai disse, ao escutar a descrição no almoço mensal que eles tinham, geralmente na mesma cantina em São Paulo (um dos vários lugares que disputam o título de melhor *polpettone* da cidade) —, a ideia é basicamente uma república que também funcionaria como um escritório compartilhado?

"Parece o inferno, uma zona total", o pai pensou, mas não falou. O que falou, tentando ser gentil e honesto ao mesmo tempo, é que parecia difícil de dar certo.

Na arte conceitual, comissionada de um artista coreano que Lucca conheceu no Instagram, o espaço parece uma mistura dos campi corporativos do Vale do Silício com um festival de música. "Tipo a WeWork, mas muito, muito mais visionário", era como Lucca insistia em descrever, dando à frase um peso que dificilmente ressoava na sua plateia como parecia ressoar para ele (já que a grande maioria das pessoas nem reconhecia o nome daquela empresa).

Além dos seus espaços físicos, o Liveup funcionaria como um aplicativo de rede social em que a pessoa poderia criar um perfil para conexão profissional, como no LinkedIn, mas, no caso, um perfil que também funcionaria como uma espécie de avatar criativo e interativo. "Te dando o poder de ser a pessoa que você quer ser, e não a que você é no momento", Lucca dizia.

O conceito ainda era um tanto vago, em particular na sua dimensão high-tech inexplicada (envolvendo *Big Data* e "com certeza muita inteligência artificial"). Lucca usava todas as palavras-chave certas, muitos dos amigos do seu pai para quem ele contava a ideia elogiavam seu entusiasmo e carisma, e pareciam sinceros ao fazê-lo. Mas ninguém queria embarcar naquilo.

Quase todos que conhecem Lucca Lucchesi concordam que é uma pessoa muito gente fina. Sempre sorridente, simpático com todo mundo, querendo que todos se sintam bem ao seu redor, inclusive aqueles que trabalham para ele. Anfitrião impecável e amigo generosíssimo, barba sempre por fazer e cabelo loiro-sujo às vezes pendendo na nuca, às vezes embolado num coque.

Paulista de nascença mas carioca de coração, mudou-se para a cidade com a mãe aos catorze quando ela se separou do pai e ficou absolutamente fascinado com o estilo de vida carioca (aquilo que ele chama "a filosofia de vida, o ethos, do carioca"). O sotaque se transmutou de maneira definitiva em questão de meses. Sua mãe, Victoria, era uma atriz que se aposentou ao se casar e tentou uma volta tímida aos palcos depois do divórcio. Mesmo conseguindo pouco trabalho, vivia em torno dos amigos atores e diretores, o que fez Lucca crescer nesse ambiente do teatro e do cinema. Creditava a isso o fato de ser um empresário tão sensível e aberto a todas as dimensões da aventura humana, ao contrário da maioria. Também viria dali, e da cidade do Rio de Janeiro em geral, o que ele chamava, sem mais elaboração, de sua "capoeira cognitiva".

Sempre que alguém dava trela, Lucca falava da sua visão para a Liveup com um tesão enorme, algo que entendia não só como uma vocação profissional, e sim mais como uma espécie de missão espiritual ou política. No seu íntimo, Lucca sentia que seu projeto poderia revolucionar não só o trabalho em escritório, mas a espiritualidade e a religião como um todo (ou aquilo que ainda chamávamos hoje de "religião"). Mas evitava falar isso para os outros, porque percebeu que a maioria parecia achar essas ideias meio malucas.

Seu primeiro trabalho na vida havia sido dentro de uma WeWork em Los Angeles – entrou como estagiário não remunerado numa startup relacionada a produtos de animais de estimação que faliu em meses. Lucca chegou ali logo depois do MBA que fez na Universidade de Miami e o que achou incrível foi a continuidade da experiência de festa sem parar que ele havia tido no campus e que continuou a ter no seu trabalho de Los Angeles (nos três meses que ficou lá trabalhando meio período).

Curtição todos os dias da semana sem deixar de trabalhar duro (ou seja: o paraíso na terra). Desde então, Lucca diz para todos que queiram ouvi-lo que os norte-americanos já haviam provado que é possível transformar o trabalho numa grande diversão, numa grande festa compartilhada entre os donos de empresa e seus colaboradores. Sua mãe entendia esse entusiasmo muito melhor que o pai e lhe dava todo o encorajamento possível. Falava que Lucca mudaria tudo o que quisesse com aquela cabeça aberta dele, que o que o mundo precisava hoje era de gente assim.

O pai ri da ingenuidade daquela visão, que sabe que o filho tomou em parte de Adam Neumann, o fundador da WeWork, assim como de Steve Jobs, Elon Musk e outros grandes magnatas da tecnologia. Já percebeu que seu filho consumia muito mais biografias e reportagens sobre essas figuras que qualquer material técnico sobre economia ou administração. Não sabe ainda se o filho é um tonto ou se tem alguma visão viável debaixo dessas camadas de deslumbre e dessa espuma toda da moda. Pierpaolo sente, observando tanta coisa esquisita que fazia sucesso, que hoje em dia é mais difícil distinguir.

Depois de meses sem arranjar investidor, Lucca decide vender para um amigo um de seus dois carros bem abaixo do preço de mercado e esvaziar o dinheiro de um fundo que havia ganhado de herança dos avós. No total, com esses sacrifícios, Lucca consegue pouco mais de duzentos mil reais para tirar a Liveup do chão. Esse movimento inspira a confiança de um dos seus melhores amigos, Mateus, que investe quase oitenta mil em troca de uma boa porção da empresa.

Os dois comemoram saindo juntos na boate predileta de Mateus no Itaim Bibi e pedindo um champanhe que vem com um balde cheio de luzinhas piscando. Lucca acha aquilo meio tosco, mas Mateus se amarra.

2

Mateus e Lucca se conheceram quando cursavam administração no Mackenzie anos antes. Viraram amigos de zoeira e *naite* quase assim que se conheceram, no segundo semestre, em parte porque não haviam clicado com mais ninguém na turma. Tinham gostos e círculos bem diferentes, mas ambos gostavam de ter uma amizade que rompia com seu padrão habitual.

Mateus Gonçalves da Mota era um homem troncudo, muito forte de nascença e de cultivo, com cabelo liso e preto e olhos levemente puxados, cor morena sempre bronzeada de sol. Tinha uma expressão sisuda na maior parte do tempo, mas era só fachada. Era só alguém cumprimentá-lo que o mesmo sorriso enorme se armava em iguais medidas infantil e sacana.

Dividia sua atenção desperta quase integralmente entre futebol e putaria, não tinha interesse genuíno por mais nada. Mandava meme, pornografia e vídeo de violência urbana para os amigos, todos eles homens, o dia inteiro. Nunca teve paciência nenhuma para estudar nem trabalhar. Dizia que gente rica não precisava, que era só contratar as pessoas certas para gerir suas coisas e não ser um total imbecil com grana. E isso ele jamais seria. A galera faz parecer mais difícil do que é só pra tirar onda, ele dizia, e pra não admitir que isso aqui é uma baba do início ao fim. "Querer trabalhar sendo rico é pra gente sem noção, gente que quer ser tubarão, dominar o mundo. Só quero ter um pau internacional e tomar champanhe sem ter que fazer conta. E pra isso eu já nasci pronto."

Os Gonçalves da Mota do Mato Grosso eram uma família antiga de latifundiários que mandava na região desde o fim do século XVIII. O patrimônio monumental havia sido dispersado por hábitos dissolutos ao longo do século XIX, mas foi retomado e até ampliado pelo patriarca Nuno Ferreira Gonçalves da Mota, um homem austero que perdeu dois irmãos para doenças venéreas e concentrou toda a sua vida comprida e regrada em acumular terra, inimigos e poder.

Chegou a ter propriedades que superavam, somadas, a extensão da Bélgica. Só foi ter filhos depois dos quarenta e o fez quase exclusivamente para não pensar nas suas posses indo para primos de quem jamais gostou. Seu império cresceu quase sem parar até sua morte, nos anos 1970, quando quase tudo foi repartido entre o pai de Mateus e seus três tios num processo longo e acrimonioso.

O pai de Mateus, Sérgio ("Serjão"), considerava-se de longe o mais civilizado dos filhos de Nuno, por gostar de vinho e escutar música clássica de vez em quando, e talvez por não ser aberta e escandalosamente racista. Sempre que pode, vai à ópera em Milão e Nova York. Saiu de Cuiabá nos anos 1980 para São Paulo com o objetivo de fazer fortuna com outra coisa além de gado e plantação. Tinha grandes planos de investimento em tecnologia que se frustraram, quase todos. Hoje, basicamente, administra o arrendamento das antigas propriedades e alguns outros investimentos geridos por profissionais, sem se ocupar de nada muito mais complexo que isso. Faz o possível para evitar a esposa, que quase não sai de Cuiabá, exceto para as férias familiares todo fim de ano (geralmente Miami, às vezes Toscana). Serjão se diz atarefado e afogado em obrigações sempre que alguém da família liga para ele, mas em especial a mulher. O filho gosta de brincar que "obrigações" são os nomes das duas amantes novinhas que ele mantém na cidade (e que ele manda um capataz seu renovar, de tempos em tempos, trazendo uma nova dupla de novinhas do interior para enviar a São Paulo, para morar num apartamento que ele mantém alugado só com essa finalidade).

Vira e mexe, Mateus fica bêbado e fala sobre tudo isso para Lucca. Conta detalhes da vida dupla do pai enojado, achando sua família tosca, quase grotesca, certamente muito menos moderna que a do amigo, divorciada há tanto tempo e mais ou menos bem resolvida, pelo menos à distância. Mais parecida, certamente, com as famílias normais que a gente vê em filme americano e em novela. Lucca achava a mesma coisa, no seu íntimo, e gostava muito de confirmar esse sentimento sempre que possível.

Mateus mora oficialmente em São Paulo, como o pai, mas passa quase três meses do ano em Miami, na casa de praia que a família tem por lá. É o único filho homem do pai e sabe que a expectativa é que ele cuide dos negócios da família em algum momento (sua irmã já se casara com um herdeiro de cadeia de supermercados da região Norte e estava com a vida mais que resolvida). Até lá, seu plano é evitar toda e qualquer responsabilidade. Por isso, seu envolvimento na Liveup acabou sendo uma surpresa, uma decisão tomada por impulso, por amizade mais que por cálculo, e que acabou se tornando algo bastante próximo de um trabalho (ainda que de meio período, no máximo).

3

Lucca torra a grana inicial da Liveup em menos de um ano sem conseguir ter ainda nem terminado o projeto final de nenhum dos ambiciosos "centros de trabalho e vida" que planejava. Tudo que conseguem fazer é montar uma versão beta bastante primária do aplicativo, por enquanto basicamente uma interface que permite transformar uma lista de tarefas pessoais ou profissionais num jogo com fases e pequenos lembretes e pontuações diárias, que então o celular fica te motivando a completar logo (ajudado, opcionalmente, por vídeos motivacionais de coach quântico gravados, quase todos, pelo próprio Lucca).

Cinco mil pessoas já seguiam a conta da marca, e mil e tantas tinham baixado o aplicativo nos seus dois primeiros meses de funcionamento. Dessas, quase um quinto o usava com alguma frequência, segundo os dados que o sistema retinha. Lucca considera isso um sucesso (ainda que tenha custado, além de tudo, um punhado de posts pagos de influenciadores caros). Sente que o aplicativo já deve estar transformando a vida daquelas pessoas de maneiras inimagináveis.

Mas a empresa está longe de dar um retorno volumoso, quase nenhum dos usuários via necessidade de usar a versão paga do aplicativo (com conteúdo extra e algumas poucas funções adicionais). A coisa é um rombo de dinheiro constante e ainda nem começou a crescer o tanto que Lucca acha que precisava crescer para começar a mostrar seu valor.

A Amazon não lucrou por anos até virar o que virou, a Uber não dá lucro até hoje, ele repetia para Mateus com uma frequência irritante. Os pais de Lucca e Mateus continuam teimando em não investir, falando que os dois deviam desistir logo daquele delírio. Mesmo depois de conseguirem gerar uma matéria de verdade num jornal tradicional (por meio de um contato antigo de Lucca do ensino médio), tanto o pai de um quanto do outro dizem coisas parecidas, num tom parecido. Que é uma tentativa bacana, criativa, estavam de parabéns. Mas a empresa não apresentou um modelo viável de monetização e pronto. Não adiantava espernear nem jogar mais dinheiro num buraco negro.

Mateus acha que os pais devem estar certos e tenta com cuidado convencer o amigo a ceder, mas fica sem jeito diante da fé resiliente de Lucca, que só fala que o sonho continua vivo, sim, só não atingiu ainda sua forma mais sedutora, sua forma derradeira.

Insiste que precisavam só de mais uma graninha para crescer e que assim conseguiriam ganhar a massa crítica de que precisam. E chegariam lá, mesmo sem ajuda dos pais, Mateus podia confiar. Seu investimento não teria sido em vão. Os dois conquistariam aquilo na garra e na fé, igual ao Bill Gates com a Microsoft, igual ao Jobs com a Apple. Tudo até agora tinha sido igualzinho nos filmes, e por isso ele sabia que precisava só acreditar e continuar.

("Nos filmes?", Mateus pensou, sem perguntar em voz alta. "Ele quer dizer os filmes feitos sobre a vida desses caras?")

Para encontrar respostas e também relaxar a cabeça, porque ninguém é de ferro, os dois decidem passar um fim de semana de zoeira em Miami. Lucca escolhe a cidade com a intenção de reviver seus momentos no lugar; já Mateus, que se sente quase um nativo, quer mostrar as baladas realmente boas da cidade para o amigo (que no geral acha muito fraco de festa). É janeiro de 2019.

Na viagem, Lucca combina de se encontrar com seu único amigo da época da faculdade em Miami, Ariel. Um israelense que também estudou administração, mas acabou descobrindo uma afinidade maior com números e gravitou para o mercado financeiro. Lucca e ele combinam num bar e tomam duas cervejas juntos. Ariel aparece de terno e começa quase imediatamente a falar do tanto de dinheiro que estava ganhando. Lucca quer vender seu peixe, mas não quer desagradar nem parecer desesperado. Pelo contrário, quer parecer bem-sucedido também.

A conversa acaba caindo em criptomoedas e se são uma boa opção de investimento. Ariel ri e fala que trabalha no mercado financeiro, portanto não tem nenhum interesse em desmontar o sistema atual.

— Não acho que Bitcoin ou outra criptomoeda vá substituir o dinheiro, mas com certeza dá pra *fazer dinheiro* com elas agora. Alguns amigos meus quebraram a porra da banca. Eu apostei pouco, ganhei pouco, tô vendo de apostar mais, mas pra mim é entretenimento, comparado com o mercado mesmo, que é coisa de gente grande.

Em menos de meia hora, Ariel fala que precisa ir para um *date* com uma modelo de Instagram, dando uma piscadinha, deixa uma nota enorme quase com desdém e vai embora. Lucca nem conseguiu espaço para falar da sua empresa a ele, mas é nesse momento que tem a ideia de integrar a Liveup com a chamada web3, com esse mundo da *blockchain* e das criptomoedas que ele acha tão misterioso, mas claramente tão foda. Naquela mesma noite, duas horas depois, Lucca tenta gritar no ouvido de Mateus sobre o assunto enquanto a boate despeja em cima deles um *dubstep* frenético de anos atrás (de ares já nostálgicos pra alguns na pista).

— Não sei como eu não vi isso antes, não sei como tava tão cego, cara. É óbvio que esse é o caminho. É aí que a Liveup vai encontrar seu público. É aí que a gente vai crescer.

— Eu não sei se entendi direito ainda, cara, pra ser honesto.

Os dois saem da pista para conversar melhor, vão para a área externa onde cinco homens solitários fumam cigarros analógicos e eletrônicos de maneira compulsiva enquanto mexem no celular. Talvez seja o MD que ele acabou de tomar, mas tudo parece brilhar nos seus olhos, a linha de prédios diante dele, o céu de chumbo turvo, tudo parece reluzir a partir da ideia que acabou de ter. Lucca se esforça para trazer sua visão a Mateus, que olha para ele como se de uma distância tremenda no momento. Mas também com toda a disposição e a vontade de chegar até onde o amigo está.

— Cara, pelo que eu entendi, trazer a empresa pro mundo das criptomoedas e fazer uma ICO é basicamente uma maneira bem mais simples de tu ganhar investimento de fora. Tu emite tokens da tua empresa, pans, e essas porras funcionam tipo ações, sem as mesmas amarras legais. Aí tu deixa a galera usar esses tokens pra serviços da tua empresa, ou tu vende até como se fosse ação mesmo dela. Enfim. Tu faz o que tu quiser a partir daí, saca? E...

Pela cara do Mateus, não estava ajudando muito.

— O importante é entender isto, ó: é muito mais fácil de vender token do que é tornar a empresa pública no mercado, saca? É tudo muito menos cheio de regra do que o mercado financeiro mesmo, que parece que é cheio de babaquice do governo, de encheção de saco idiota. Tu faz uma oferta inicial de tokens, como se fosse uma moeda nova na *blockchain*. E assim a gente não precisa perder poder nenhum sobre ela e nem ter que lidar com nada dessas bosta de burocracia. A gente só ganha. A oferta pública de ações a gente faz *depois*, quando quiser, quando a empresa já estiver *hypada*. Agora, a gente só precisa fazer a bolha dela crescer dentro do mundo web3, dentro da galera que acompanha essas paradas. E vender token prometendo esse mundo novo que vai surgir, e que vai vir mesmo, e no qual a Liveup vai se tornar uma peça essencial, com certeza. Pum. Cabou. Lucro. Lua, bicho. *To the moon.*

— Boto fé. Do jeito que tu fala, parece simplão, porra. Parece o bizu mêmo. Bora nessa então, oxe, cê tá doido. Mas custa caro?

— Acho que não. Talvez a gente tenha que abrir a Liveup fora do Brasil, não sei ainda. Mas é esse o caminho, cara. Eu tô vendo agora certinho já formando na minha frente tipo aquele vídeo, porra. Sabe? *Double rainbow*. Formou demais.

— Formou! Não entendi nada ainda, mas tu parece tão confiante que formou.

— Porraaaa.

Os dois se abraçam. Decidem que vão beber mais, depois vão voltar para a pista. *Shots, shots.*

4

Para surpresa dos dois, é Mateus quem passa mal e faz com que eles voltem mais cedo. No dia seguinte, enquanto Mateus ainda se recupera, passando o dia na cama com as cortinas cerradas, Lucca pede um suco verde atrás do outro por *room service* e vê todo vídeo que consegue encontrar sobre as ICOs mais quentes do momento.

Dos dez dias que tem em Miami, Lucca passa uma semana inteira totalmente imerso naquele mundo, consumindo o dia inteiro só informações sobre ICOs e empresas ligadas a criptomoedas. Vai aos poucos absorvendo os conceitos e o vocabulário, e genuinamente começa a acreditar, mais ainda do que já acreditava, que aquele é o futuro.

Quanto mais descobre sobre o assunto, mais sente que tem de correr logo com aquela ideia. A impressão é que estão vivendo o grande momento para aquela nova estratégia, várias empresas novinhas surgindo de lugar algum haviam conseguido arrebanhar quantias consideráveis de dinheiro daquele jeito. Empresas com ideias muito mais fajutas do que as dele! Já as ideias mais ambiciosas, apresentadas com mais gabarito, conseguiam dezenas de milhões em poucos dias. *Centenas* de milhões no punhado de casos mais bombásticos. Consegue ver que, em breve, todas aquelas plataformas e ambientes digitais em que todo mundo já vive há anos vão se tornar ainda mais importantes, ainda mais cruciais pra tudo que a gente faz.

A Liveup seria perfeita, portanto, para ser uma espécie de ponto de encontro desse novo mundo, ele diz a Mateus no café da manhã do hotel, num dos poucos dias em que coincide de comerem juntos.

Um lugar antes de tudo virtual, mas depois físico também, em que as pessoas podem trazer suas marcas pessoais para construírem valor juntas, num ambiente espiritualizado e engajado, montado para todo mundo desempenhar ao máximo, no respeito e na *good vibe*, todas as presenças e as marcas autenticadas direitinho, tudo dentro daquilo que cada um respeita e acha massa.

— Tipo um shopping virtual com boate e galeria, mas com uma curadoria pessoal pra cada um, e muito, *muito* melhor.

Mateus concorda com a cabeça, mas nos seus olhos Lucca pode ver que ainda não enxerga de verdade.

Passa o resto do dia vendo mais vídeos e rascunhando a *mission statement* da nova roupagem da sua empresa (Liveup-CryptosPaCe, CryptoLiving, BitLife? O nome ainda estava difícil, mas viria depois, organicamente).

Lucca entra num transe trabalhando por tantas horas seguidas, fica rindo sozinho. Nunca sentiu aquilo antes, aquele êxtase antecipativo. Sente, ao martelar as teclas responsivas e complacentes do seu Macbook, que nunca pensou com tanta clareza. A manhã já está despontando na barra do horizonte e tingindo o mar de cores ultrajantes entre o roxo e o rosa. Lucca consegue ver aquilo da sua suíte de hotel, a cabeça ainda um pouco frita do restinho de MD que esfregou na gengiva algumas horas atrás. Ele sabe que devia revisar mais uma vez, mas pensa que a genialidade gritante do que está ali no fundo desculparia qualquer aparente desleixo. Envia o rascunho do projeto da nova versão cripto da Liveup para Mateus e seu novo amigo israelense às quatro e trinta. Já é amanhã, ele pensa quando enfim afunda a cabeça na cama. O futuro já está aqui, cacete.

No dia seguinte, no entanto, encontra alguma resistência da parte da realidade. Ariel responde rapidamente ao seu e-mail, às sete e meia, com uma grande ducha de água fria despejada em três parágrafos. Diz que aprecia o entusiasmo do amigo, quem sabe alguma versão daquela ideia talvez seja viável, não sabe dizer com certeza. Coisas mais improváveis estão por aí vicejando, afinal. Mas a princípio, e ele sente muito ter que dizer isso de maneira tão direta, as ideias que estão ganhando muito dinheiro nas ICOS são empresas que têm uma relação umbilical e direta com o mundo das criptomoedas. Eram aplicativos de câmbio que permitissem comprar criptomoedas, como Binance e ftx, eram novas criptomoedas com alguma distinção (como as *stablecoins*), eram aplicativos de entretenimento que permitissem comprar conteúdo com criptomoeda, coisas assim. Não era qualquer coisa digital, qualquer startup, que devia virar algo relacionado com criptomoedas só porque a explosão das ICOS tornou cripto de novo a onda de investimento do momento.

No caso, e Ariel diz que precisa ser brutal para ser gentil aqui, era evidente que Lucca estava apenas pegando sua ideia anterior e jogando a palavra criptomoeda para todo lado. Não era claro ainda de que maneira sua empresa se integraria na *blockchain*, e por que isso era uma versão melhor dentro dela do que fora.

Lucca fica fora de si com a resposta. Joga o celular na cama e só consegue abrir de novo depois de esmurrar o travesseiro algumas vezes. Mesmo se houvesse algum conselho sensato a se ouvir ali no meio, achou o cara presunçoso demais no tom, claramente não devia ter sacado a potência real da Liveup. Ou, quem sabe, talvez já quisesse roubar a ideia para si.

Nunca mais responde a Ariel. Naquele mesmo dia, vai procurar outra pessoa para montar a versão cripto da sua empresa e levar essa ICO adiante o quanto antes com entusiasmo para tentar aproveitar essa explosão enquanto ainda acontece.

5

Dois meses e meio depois, em maio de 2019, a Liveup trazia a público seu projeto ambicioso de expansão para o mundo das criptomoedas, anunciando sua oferta inicial de moedas (ICO). Esses tokens, que podiam ser comprados apenas com criptomoedas como o Bitcoin, poderiam ser usados já no presente para comprar serviços dentro do aplicativo Liveup, incluindo brindes e eventos promocionais de empresas parceiras. No futuro, a ideia era que os detentores desses tokens iniciais ganhassem ainda uma parte dos lucros da empresa. Dizia-se que essa participação seria implementada "muito em breve", assim como uma série de novas funcionalidades inovadoras.

A campanha de promoção da ICO é coordenada com sete influencers de alto calibre distribuídos em nichos bem distintos, do hip-hop e da música ao esporte e moda, passando por games e comédia. Quatro deles fingem que o entusiasmo é espontâneo e não pago (e são pagos adicionalmente por isso). Lucca sabia, e tinha os números para provar, que esse tipo de estratégia compensava muito mais do que gastar a mesma quantidade de dinheiro de maneira pulverizada. Alguns nódulos cruciais, nos pontos certos, todos escolhidos pessoalmente por ele. Marcas normais podem ser veiculadas por qualquer voz, mas dica de investimento a gente ouve de pessoas em quem a gente confia e não de qualquer um, ele explica a Mateus.

Por isso tudo, Lucca sabia que a oferta não seria um fracasso, apesar de todo o medo e a apreensão de Mateus, que se mostrou muito ansioso nos dias anteriores ao lançamento. Menos pelo dinheiro e mais pelo orgulho diante do pai, que nunca soube reconhecer uma boa aposta diante dele e claramente preferiria reconhecer o mesmo fracasso no filho do que se descobrir superado nisso. Vira e mexe Serjão perguntava a Mateus como andava a empresa, sempre num tom irônico de quem esperava ouvir más notícias. Lucca também estava ansioso, mas sentia que tinha reproduzido passo a passo toda a receita de bolo dos casos precedentes e que sua ideia era muito mais visionária que a de várias empresas hoje enormes. Ainda assim, ficou surpreso com o sucesso. Sua campanha agressiva e estratégica claramente devia ter funcionado. Menos de dois dias depois da abertura, a LiveupCrypto começou a ter uma ascensão vertiginosa na busca pelos seus tokens. Lucca acompanhou o número subindo de madrugada e ligou para Mateus, que custou a acreditar no que estava vendo.

No maior pico, o valor de capitalização da LiveupCrypto chegou a somar vinte e sete milhões de dólares (em criptomoedas, mas, ainda assim, não deixava de ser dinheiro). Logo o interesse caiu, muita gente vendeu as moedas que tinha acabado de comprar e o valor total estimado da moeda e da empresa caiu para vinte e pouco. Dois dias depois, estava em quinze. Quatro dias após a oferta ser aberta, o valor de capitalização total parece estabilizar por volta dos nove milhões de dólares. Lucca postou uma dezena de *stories* no Instagram acompanhando a escalada, gritando de maneira cada vez mais alucinada e estourando uma garrafa de champanhe Crystal no fim.

Lucca só entenderia seis meses depois o que realmente aconteceu. O *hype* que seu marketing criou de fato teve um efeito real, no início, principalmente por causa da publicidade feita por um influencer cujos seguidores já investiam muito em criptomoedas (um comediante antigo de televisão transformado em provocador de extrema direita).

Mas o que aconteceu depois de uma leve subida orgânica no valor do token foi que um grupo dedicado a esquemas de *pump & dump* (ou carga & descarga) em ativos de criptomoeda decidiu usar a LiveupCrypto de trampolim.

O esquema funciona assim: um grupo se junta, geralmente se organizando pelo aplicativo Discord, mas também em grupos do Telegram e do Reddit, e decide concentrar suas forças num produto ou criptomoeda que quer valorizar artificialmente. Os membros do grupo compram o mesmo ativo em massa (no caso, tokens da LiveupCrypto), na mesma hora, inflando o valor de maneira astronômica.

Depois que garantem seu quinhão, passam a espalhar aquela *dica quentíssima de investimento* para toda uma cadeia de reverberação em redes sociais, às vezes cúmplice, às vezes incauta, com níveis variados de sofisticação e falsificação no meio. Se fizerem o trabalho direito, o *hype* começa a caminhar com as próprias pernas e, quando você vê, o ativo triplicou de valor. Agora o grupo que orquestrou a carga só precisa descarregar o que comprou para os trouxas que chegaram tarde à festa, abocanhando um puta lucro, e ir embora caçar outro esquema parecido. Foi assim que a LiveupCrypto passou por um carrossel especulativo alucinante que durou três dias.

Mateus credita o sucesso à estratégia brilhante de Lucca, e a confiança geral na empresa obviamente só cresceu. Até seus pais agora se viam forçados a dar o braço a torcer. A queda no valor deixa um gosto ruim na boca dos dois, mas ainda assim a empresa deles agora tinha um valor estimado de mais de *nove milhões de dólares*. Um gerente do Softbank que o havia ignorado no passado agora responde aos seus e-mails, todo simpático. A coisa já tinha dado certo, e dado certo grandão. Agora ninguém mais teria como negar.

6

Lucca jamais teria imaginado antes o quanto era fácil torrar nove milhões de dólares, mas era *muito* mais fácil do que parecia (ainda mais depois de todas as taxas que tinha de pagar para movimentar aquele dinheiro de mentira e transformá-lo em dinheiro de verdade). Em menos de um ano e meio, quase tudo que fora arrecadado com a oferta inicial tinha ido embora, junto com uma bolada que haviam pegado emprestada a partir dessa promessa brilhosa de ganhos futuros. Eles só haviam dobrado o tamanho do problema que já tinham no início.

E não foram o bônus que deram a si próprios no Natal nem o abuso do cartão corporativo que fizeram isso (ainda que não tenham *ajudado*). A verdade é que fizeram a Liveup crescer demais, Mateus falava, e Lucca cedia a contragosto. O aplicativo tinha hoje duzentos mil downloads, quase quinze mil usuários ativos e regulares, mas a porcentagem que se pagava para usar ainda era mínima, mal cobria os custos operacionais de servidor e manutenção do serviço. E todas as novas atividades e interações virtuais que haviam prometido estavam bem longe de ser concretizadas.

Em dezembro de 2019, o contador dá uma prensa nos dois apontando com o dedo no tablet o tamanho da treta com uma ênfase desesperada. Não precisava ser esperto com números para entender que a coisa estava feia. Desde então, os dois sócios passam a conversar quase todo dia sobre o problema. Geralmente apenas dando voltas em torno dele, sem nenhuma solução nova. Com o início da pandemia, levam a conversa para videoconferências. Lucca adere ao isolamento rapidamente, já Mateus segue com a vida normal, achando tudo frescura (depois de uma única experiência que se revelou muito negativa para ambos, os dois decidem não mais discutir o assunto, pelo bem da empresa).

Mateus insiste que Lucca deve ceder e cortar mais gastos, desistir de vez do espaço-piloto que ele tinha tentado criar na Gávea (que torrava quase cem mil reais por mês) e concentrar os esforços da empresa em desenvolver o espaço virtual de interação que eles prometeram aos investidores e usuários do aplicativo.

Lucca acaba concordando, mas mesmo essa contenção só vai segurar o crescimento de gastos, ainda está longe de tornar a empresa rentável. Ele tem certeza de que a Liveup está indo na direção certa, o valor que haviam arrecado na oferta de moedas era a prova inquestionável disso. Por isso, sabe também que a única forma de sair do buraco atual seria injetando *mais* investimento. A merda é que ele não tem mais de onde tirar. Pensa em vender seu outro carro, mas, por mais que ele não o usasse com frequência, a ideia de não ter carro *nenhum* parecia muito insólita, risível.

É aí que Mateus menciona seu tio Damasceno pela primeira vez. Serjão havia brigado com quase toda a família, mas só com um irmão o rompimento era sério, parecia definitivo. Damasceno era, de todos, na palavra do pai de Mateus, o que mais se recusava a se modernizar. Insistia em viver do jeito que havia aprendido com seu avô e seu pai, sem qualquer ajuste aos novos tempos, estendendo um trato senhorial antiquado com todos, falando de puta na frente das esposas, chamando negros de "criolo" e indígenas de "bugre". Suas fazendas respondiam havia anos a uma série de acusações de trabalho análogo à escravidão, que ele chamava sempre de "mimimi" dos fiscais do MPT, e bastava uma busca superficial no Google para encontrar outras acusações mais antigas, ainda mais graves, de ameaças e matanças de lideranças indígenas e sem-terra locais.

Todo mundo que tem terra acaba tendo esses problemas, Serjão dizia. Mas dá para evitar os mais cabeludos, dá para arrodear, pelo menos, e Damasceno fazia o contrário, parece que ia atrás de confusão. Por isso tudo, mas talvez principalmente por ser repetidas vezes grosseiro nas festas com amigos paulistas sofisticados, os dois irmãos acabaram rompendo a relação.

Mateus pensa nele porque Damasceno investe em "qualquer coisa". Lucca fecha a cara e o amigo explica que só quer dizer que ele é impulsivo e tende a espalhar bem seus investimentos.

Damasceno começou herdando basicamente o mesmo patrimônio que o irmão, Serjão, mas sempre teve limite nenhum e escrúpulos de menos. Não que o irmão fosse um escoteiro, mas estava disposto a seguir algumas leis, pelo menos as mais sérias. Já Damasceno era da firme opinião de que todo limite imposto à exploração de pessoas livres e ao exaurimento dos recursos naturais era coisa de ditaduras totalitárias, babaquice de comunista, de francês e sueco que destruiu as florestas deles e quer roubar a Amazônia do povo brasileiro.

Por essas diferenças, e por ter um faro aguçado para tudo que dá lucro, Damasceno aparentemente teria hoje quase o triplo do patrimônio de Serjão, segundo Mateus. Era difícil de dizer com certeza, porque só metade era declarado (segundo o próprio Damasceno, que ria e falava isso para qualquer um com orgulho), mas é a estimativa que o sobrinho faz, junto com outros primos, a partir do que sabem.

Em junho de 2020, Mateus consegue que ele atenda o telefone pela primeira vez, apresenta Lucca rapidamente e os dois tentam explicar juntos o que é a empresa. Mas Damasceno se encontra numa lancha em Angra e o vento faz um ruído danado na ligação. Os dois insistem por um tempo, mas logo desistem, mandando algumas horas depois a proposta por WhatsApp. Ele responde com um joinha e mais nada.

Passam-se meses e Lucca e Mateus já não sabem o que fazer. Enfim anunciam os cortes na empresa, usando a pandemia pra justificar o fechamento da base física na Gávea, o que ainda assim claramente afeta o ânimo de todos os colaboradores. Para os investidores e entusiastas do LiveupCrypto, Lucca grava um vídeo garantindo que isso não significa uma redução de expectativas, *de maneira alguma*, mas antes um foco direcionado e total no mundo virtual e na sua potência como o novo local definitivo de "trabalho, entretenimento e comunidade espiritual" para a humanidade.

O ano chega ao fim, Lucca sabe que precisa arranjar logo alguma coisa que mantenha aquela peteca gigante e aparatosa no ar. Não quer ter que demitir aquela galera toda depois de prometer tanto a eles, de prometer que os salários baixos e as estiradas intermináveis de trabalho seriam compensados com a participação deles na valorização estratosférica da empresa no futuro. Porém, mais que tudo, ele não quer admitir para o pai que tudo ruiu e voltar humilhado para depender da sua mesada.

É num sonho que a resposta vem, meses depois. Lucca tinha adormecido escutando um podcast sobre o mundo cripto, e no podcast estavam descrevendo que o NFT de um artista conhecido de internet havia sido vendido por quase setenta milhões de dólares.

No sonho, Lucca entrava em algum museu grandioso estrangeiro e percebia que os quadros e estátuas tinham desaparecido. No lugar, você encontrava apenas QR Codes, como aqueles que estavam substituindo os cardápios nos restaurantes. As pessoas passavam e escaneavam com os celulares, que em seguida projetavam pequenos e grandes hologramas das obras. Lucca estava sem celular, no sonho, então só ficava rodeando as outras pessoas no museu. Até que uma garota simpática loirinha se aproxima dele e explica que não precisa de celular. Que é só encarar por muito tempo o código que o holograma aparece sozinho. Lucca fica confuso, imagina que a garota esteja delirando, mas faz isso com um dos códigos emoldurados, e uma raposa holográfica de repente emerge da parede. Ela caminha até os pés de Lucca e diz: "Eu sou seu futuro".

Lucca acorda sabendo exatamente o que tem de fazer. Uma linha visionária de NFT que representasse o verdadeiro espírito da Liveup, pronto, era isso que levaria a empresa direto da insolvência ao lucro, do buraco até o espaço. E além.

7

A primeira reunião sobre a linha de NFTS da LiveupCrypto acontece no dia seguinte, via videoconferência, na hora do almoço. Lucca na sua casa, Mateus na dele, os dois de cueca e sem camisa. Abril de 2021, a pandemia corre solta e voraz. Mateus termina um hambúrguer e Lucca parece estar mordiscando uma mesma cenoura há quarenta minutos.

— A gente tem que fazer uma parada impactante, saca, que parece assim de verdade. Tipo com Os Gêmeos, Banksy, sei lá, algum artista foda com nome. Que outros que rolam? A gente pode oferecer parte do pagamento em token mesmo.

Os Gêmeos não respondem ao e-mail. Mas dois ilustradores paulistas respondem com entusiasmo, assim como um artista estrangeiro que já havia trabalhado com projetos de arte digital.

— Quanto mais penso nessa coisa de NFT, mais eu vejo que é o futuro, cara. Ainda mais agora, na pandemia. Comprei duas obras muito fodas semana passada, depois vou te mostrar. É a mesma coisa que tu ter um Picasso em casa, cinquenta anos atrás. É a mesma merda.

— Boto fé.

Se Mateus já não via muito sentido em pagar milhões pra ter um Picasso na parede, essa coisa de pagar pra ter um arquivo .JPG, então, parecia ainda mais maluca. Mas não queria desapontar o amigo, e achava que talvez ele estivesse correto, no sentido pragmático da coisa. Via muita gente no jornal e na tv agora falando o mesmo, vai saber, talvez aquilo fosse mesmo o futuro. De fato, todo mundo estava se acostumando na pandemia a fazer tudo por meio de telas de celular ou computador. Ele pessoalmente não estava, mas *muita gente estava*.

Lucca conseguiu cogumelos de um amigo e estava experimentando tomar microdoses antes do trabalho havia um mês, depois de descobrir que era moda entre executivos do Vale do Silício. Decide tomar uma microdose maior que a habitual com a intenção específica de planejar sozinho a linha de NFTS. As ideias demoram para engrenar, mas enfim chegam. Naquela madrugada, depois de escutar o mesmo álbum do Marcos Valle por quatro horas seguidas, manda vários áudios a si mesmo em que, esbaforido, diz que o conceito-chave da linha seria uma apresentação do imaginário gráfico e do projeto conceitual do metaverso futuro da LiveupCrypto.

— Cada NFT será, então, além de uma obra de arte individualizada, também um avatar personalizado que poderá ser usado dentro do metaverso. De modo que o valor agregado potencial de cada um é, basicamente, infinito.

Ele ouve o áudio dele mesmo falando isso várias vezes como quem ouve um mantra ou um rito invocatório. Além de cinco personagens futuristas meio cyberpunk que Lucca pretende rascunhar ele próprio antes de mandar aos artistas, ele pensa em algumas celebridades que podem criar seu avatar personalizado (ícones perenes de atitude e lifestyle como Anitta, Marcelo D2, Zeca Pagodinho, gente que agregaria valor de verdade).

Mateus nem responde ao e-mail com a proposta, mas na semana seguinte já fecham acordo com cinco artistas. Lucca quer botar tudo no ar em, no máximo, dois meses.

Com o sucesso da empresa, o perfil de Lucca nas redes sociais também cresce um tanto. Agora, além do conteúdo oficial de motivação que ele gravava pros usuários da Liveup (em especial os usuários premium), ele também costumava postar vários stories por dia para seus quinze mil seguidores (só dez mil a menos que a própria empresa). Fala sobre meditação e empreendedorismo, sobre *mindfulness* e intuição para investimentos, sobre como as empresas que dominariam o futuro seriam empresas coerentes com sua missão espiritual na Terra.

Mateus está sentado no vaso de uma balada clandestina quando vê Lucca numa live da conta oficial da Liveup falar uns papos esquisitos sobre ativação quântica da força da mente para a realização dos seus objetivos. Precisa apertar o celular contra o ouvido para distinguir as palavras com certeza. Decide mandar um áudio na mesma hora ao amigo pedindo para ter cuidado de não sair postando qualquer coisa, "maneirar aí nos papo quântico". Afinal, ele agora tinha responsabilidades perante a empresa cuja imagem ele representava. Porra. Era melhor se ater aos termos da web3, ficar longe desses outros assuntos, enfim. Lucca responde com um áudio de três minutos. Mateus adianta direto para o fim:

— Velho, eu sou meio fora da casinha mesmo, saca, mas tu sempre soube isso de mim. É ou não é? E a real é que eu me seguro pra caramba, não saio falando qualquer merda. Outro dia mesmo gravei um vídeo falando do efeito Mandela e de como eu acho que isso parece provar de uma vez por todas que a gente vive dentro de uma simulação ou até que existe mesmo um multiverso e que a gente tá trocando entre vários universos o tempo todo. Que aliás é um negócio que tá cada vez mais demonstrado, *geral tá falando disso.* Mas não postei, saca? Eu me segurei, saquei na hora que já é um papo um pouco subversivo demais. *Claro que eu saco isso, bicho.* Relaxa.

Mateus fica ainda mais agoniado com a resposta. Digita só:

— Efeito Mandela. Hein? Q, velho? Do que tu tá falando?

Lucca responde:

— Cara, tu tá desinformado demais kkk na moral. Depois eu te mando uns vídeos. Vai explodir tua cabeça.

Lucca manda os vídeos, mas Mateus não consegue terminar nenhum (e sua cabeça não se vê explodida). Nesses momentos, Mateus tem de admitir que fica bastante preocupado com a empresa. Ele já foi fundo demais para voltar atrás agora. Tinha depositado grana, tempo e orgulho naquela merda, isso depois de jurar a si mesmo que nunca se importaria demais com coisa alguma (jurou isso a si mesmo diante do espelho pouco depois do término do seu único relacionamento amoroso intenso na vida, no mesmo dia que fez sua única tatuagem – o coringa do Heath Ledger falando "Foda-se" ocupando a metade superior das costas).

Mateus fica ainda mais preocupado quando a LiveupCrypto enfim lança sua linha de NFTS, em agosto de 2021, e o interesse do mercado no leilão é nulo. Pensa que aquele vai ser o fim.

Pronto. Apenas duas obras são compradas nos primeiros dias, todas com um preço bem abaixo do sugerido e esperado (uma delas feita, em segredo, pelo próprio Mateus, mais por vergonha que qualquer outra coisa, usando o cartão da irmã). Lucca fica sem dormir.

Recém-vacinado, decide de última hora pegar um voo para um retiro espiritual de fim de semana, destinado a empreendedores, para descobrir como lidar com aquela situação tão tensa. Um evento semestral que existe há uma década e acabou de reiniciar suas atividades, o encontro acontece sempre em pousadas boutique situadas em lugares paradisíacos (dessa vez nas Bahamas). Oferece oficinas de percussão, sessões de ioga e de massagem com especialistas autênticos, palestras com gurus da web3, do tecnoxamanismo e da singularidade. Lucca chama Mateus para passar um fim de semana repensando ali o futuro da empresa, mas o amigo diz que prefere ir a Miami (mesmo com o sócio ressaltando que era um lugar ótimo para networking, cheio de pessoas que entenderiam os tipos de desafios que ele tinha de enfrentar).

Durante o fim de semana, Lucca ouve de uma conselheira espiritual tântrica californiana que todos os problemas de depressão e de ansiedade, vida sexual ruim, na verdade quase tudo de ruim na vida, decorriam da falta de autenticidade. As pessoas viviam frustradas e ressentidas porque, em geral, não tinham coragem de viver de acordo com seu verdadeiro eu interior. Ela é uma mulher linda, loira-suja e muito bronzeada, cheia de tatuagens e adereços, anéis, colares e pequenas faixas coloridas com significados profundos amarradas no tornozelo e no pulso. Olha bem fundo nos olhos de Lucca e pergunta se ele é realmente verdadeiro consigo mesmo. E com seus desejos. Ele diz que sim, com toda certeza, tentando transmitir confiança e sentindo que não havia conseguido. Ela o encara com uma expressão de quem não precisa nem falar nada, porque no fundo ele já sabe a resposta.

8

Menos de uma semana depois de a linha de NFT ser lançada, com um total de três itens vendidos por preços simbólicos, Mateus recebe uma ligação inesperada do seu tio Damasceno no final da manhã. Ainda acordando, demora alguns toques para atender, mas o faz tentando imprimir prontidão.

— Opa, alô!

— Meu querido, tudo bom? Te acordei, foi?

— Tudo bom, tio? Acordou nada, tô aqui trabalhando desde cedo.

— Pronto. Como que é essa história aí dessa sua empresa que você mandou, é NFT, né?

— É, é isso. É um tipo novo de ativo, tio. É meio complicado, mas eu posso te explicar. Cê tá com tempo?

— Rapaz, precisa não. Eu tava conversando com um parceiro meu aqui, ele me falou desse trem todo. Rapaz. É uma loucura essas internet, né. Mas eu tava então justamente caçando um negócio desse pra investir. E eu tô chegando em São Paulo amanhã pra cuidar duns outro trem, bora conversar então? Vamo almoçar? Tu pode amanhã?

— Bora. E posso sim, uai. Pro senhor posso sempre, tio.

— E fale com teu pai não. Tu sabe como ele me trata hoje em dia. Virou a rainha da Inglaterra, aquele ali.

— Jamais. Nem pensei em fazer isso.

Lucca recusa a sugestão de Mateus de que poderia resolver aquilo sozinho. No dia seguinte, os três almoçam numa casa de carnes tradicional em Higienópolis. Damasceno chega atrasado e passa o almoço distraído, conversando no celular com outras pessoas e cumprimentando com efusividade mecânica conhecidos que passam. Lucca tenta fazer a versão mais impressionante e sedutora da sua apresentação da LiveupCrypto, obviamente focando no auge que tiveram na oferta inicial, e não em seu valor atual, e se demorando no tanto que o metaverso seria o futuro das plataformas e as criptomoedas seriam o futuro do dinheiro e do mercado financeiro. De como, no futuro, toda relação social teria uma contraparte no metaverso, e quem entrasse primeiro nesse terreno poderia cobrar aluguel de todo mundo que viria depois, assim como no mundo analógico. E essa linha de NFTS era uma das primeiras encarnações disso no Brasil, certamente a mais visionária. Aquela oportunidade, então, era ao mesmo tempo um investimento em arte e um investimento num outro sistema financeiro que estava nascendo diante dos nossos olhos, descentralizado e livre de todas as amarras. Para resumir numa palavra só: era o futuro.

Damasceno não muda nada na sua expressão, nem diante do que ouve, nem ao comer ou experimentar o vinho. Para Lucca, a impressão é de que eles poderiam falar qualquer coisa, absolutamente qualquer coisa, e não faria nenhum efeito. Damasceno ouve sem nem mexer a sobrancelha. Só depois de uma hora disso é que Mateus sente que entende que o tio talvez esteja tentando comunicar algo a *ele*, com a insistência desse olhar morto, grave e entediado. Manda ao celular de Lucca uma mensagem pedindo para amigo que vá ao banheiro. Ele vai imediatamente, murmurando algo inaudível.

Quase assim que o amigo se levanta da mesa, Damasceno chama Mateus de "Mateusinho", como se estivessem se encontrando apenas agora, e anuncia de uma vez que vai comprar "uns quinze NFTS, ou vinte" totalizando um valor de oitenta e cinco milhões de reais. Por aí. Pode ser? Mateus não consegue nem responder antes que o tio complemente que só tem um porém. O lance é que 90% disso teria de voltar para ele, Damasceno. Que teriam de acertar direitinho os trâmites todos depois, claro, que a compra não viria no nome dele, mas dividida entre três carteiras de criptomoeda, todas controladas por um tal de Clayton. Que ele lidaria, de agora em diante, só com esse Clayton.

— Além dessa taxa de câmbio aí que eu tô sendo generoso de dar pra vocês, também porque eu quero ajudar, claro, a vantagem toda é que isso faz bombar o leilão aí de vocês, entendeu? Os preços de repente vão lá pra cima, pimba, todo mundo ganha.

Mateus só consegue concordar com a cabeça. O tio não apresentou como uma proposta, mas como algo que ele ia fazer, e que seu sobrinho querido o ajudaria a fazer. Nada parecia estar em questão, muito menos em discussão.

Lucca volta do banheiro e Damasceno anuncia que fecharam o negócio na sua ausência, que já está tudo feito. Os três brindam de maneira espalhafatosa e o tio pede a conta. Em poucos minutos, despede-se e vai embora no meio de uma ligação com alguém que o faz rir muito. Deixa os dois ali abobados.

Lucca só fica rindo, sem entender o que aconteceu, sacudindo o papelzinho com uma quantia absurda rabiscada.

— Isso aqui é vida real? — Lucca pergunta, imitando o garoto grogue do vídeo famoso.

Ele ri muito e diz que havia mentalizado aquele acontecimento, que realmente era só acreditar que as coisas sempre davam certo no fim. O amigo acha graça, mas concorda. E só quando Mateus repete o que acabou de ouvir do tio, um pouco constrangido, ainda confuso (e um pouco bêbado das duas garrafas de merlot sul-africano que desceram no almoço), é que ele próprio entende que acabou de descrever um esquema de lavagem de dinheiro.

9

A linha de NFTS da LiveupCrypto acaba se tornando uma das mais bem-sucedidas do semestre. Não quebra nenhum recorde mundial, mas são de longe os NFTS mais valiosos lançados por uma empresa de origem latino-americana (ainda que sediada em Miami), como foi rapidamente apontado por um artigo do Uol. Assim como a ICO da LiveupCrypto havia sido a mais bem-sucedida da sua região. Claro que os apoios promocionais e oficiais de MC Bin Laden, do jogador Madson (ex-Santos) e de Sergio Hondjakoff (o Cabeção da *Malhação*) parecem ter sido cruciais para que isso acontecesse.

Mesmo tendo de repassar quase toda a bolada que chegou, a injeção de grana via NFTS também é uma reinjeção de ânimo na empresa, que afinal estava precisando. Todo mundo fica animado com o valor que a linha conseguiu, sente aquilo como uma tremenda confiança insolitamente depositada por mãos misteriosas e endinheiradas, longe dali. Era uma puta confirmação de que eles deviam estar fazendo um bom trabalho. Dos dez colaboradores que ainda restam, só dois são contratados CLT, o resto está lá como PJ, outros trabalham remotamente como frila (e alguns desses últimos não haviam sido pagos nos últimos meses, então o entusiasmo de agora parece ser com a perspectiva de receber o salário atrasado). Mateus não se ilude demais, sabe que continuam longe de ter algo rentável, longe mesmo de ter algo que conseguisse se manter. Só tinham evitado o fim com aquela manobra. Ainda assim, é bom demais poder ainda botar que era empresário nos perfis de rede social, postar suas fotos no escritório (#working), esfregar aquilo na cara do pai e de alguns amigos desocupados por mais um tempo ainda.

Mesmo o otimismo ensolarado de Lucca aos poucos vai cedendo à realidade dos números. De todo modo, ainda aparece sorrindo na empresa todo dia, todo dia faz vídeos sobre como a Liveup está arrebentando a boca do balão e em breve estará na boca de toda a garotada e velharada, de todo mundo que não for otário. Mateus começa a evitar o escritório por não aguentar olhar na cara dos funcionários que ainda estão lá todo dia tentando acreditar naquilo. Como quase todos haviam sido contratados pelo próprio Lucca, e alguns compartilham um tanto da sua sensibilidade, Mateus acha difícil julgar o quanto estão apenas fingindo para agradar ao chefe, o quanto efetivamente acreditam no potencial da empresa. Vários deviam acreditar, se confiavam naquela promessa de valorização futura das suas ações. O certo é que, quando Lucca botava música eletrônica no último volume da sua caixa prateada Bang &

Olufsen no fim do expediente, quase todo mundo acabava dançando junto, mesmo que só por um par de músicas (até os estagiários, que trabalham umas dez horas por dia e são pagos exclusivamente com tokens da Liveup).

Lucca só pergunta uma vez para Mateus diretamente se ele se questiona de onde é que aquele dinheiro todo de Damasceno teria vindo (ou seja, o que é que havia de errado com ele para que aquele jogo de cena fosse necessário). Mateus responde de bate-pronto que nunca pensava nisso, mas não era verdade. Tem certeza de que aquele dinheiro do tio não devia ser de arrendamento de terra ou venda de gado, devia ser de outra coisa, e sabia também que muitos grandes fazendeiros da região usavam seus dutos de logística para se envolver com tráfico de todo tipo, incluindo droga e arma. Qualquer coisa parecia possível, com Damasceno, e por isso mesmo evitava pensar no assunto.

10

No início de 2022, Mateus vai pro casamento de uma prima na Suíça. A festa é numa mansão antiga alugada, ele quer fugir da fila do banheiro principal e encontra um banheiro mais escondido e vazio. Quando entra, vê que seu tio está sozinho lá dentro usando os mictórios, metade do seu corpo escondido por um biombo de mármore preto.

Mateus o cumprimenta e o tio se vira, meio transtornado, seu cabelo um chumaço desordenado, sua gravata virada para as costas. Parece demorar a reconhecer o sobrinho, mas quando acontece abre um sorriso enorme. Está vermelho como uma inflamação e claramente chumbado de bebida.

Mateus diz que não viu o tio na cerimônia. Damasceno responde, gargalhando, que chegou só para a festa, e já chegou bêbado. Parecia mijar há um tempo enorme, sua torrente jorrando ininterrupta como um córrego perene.

— Como é que vai nossa empresa? Foi bom demais aquele trem, hein? A gente tem que repetir a dose algum dia, querido. Agora não, né, que é bom deixar esfriar, claro. Mas ô. Bom demais.

— Ô, que é isso, tio. Pra gente foi bom também. Disponha.

O tio faz uma cara sacana e aberta como de uma criança que sabe que fez coisa errada e quer muito contar o que fez.

— E tu sabe donde veio aquela bolada, não sabe? Tu deve imaginar, né.

Ele abaixa a voz, olha em volta. Mateus não tem nem tempo de responder.

— O trem mais véio e bão do mundo. *Ouro*, Mateusinho. Com ouro não tem erro. Não tem mistério nenhum.

Mateus sorri junto. Era mineração, então? Talvez em terra irregular, alguma coisa assim. Então não era tráfico de pó, nada assim tão feio. Lucca talvez ficasse afetado se descobrisse porque é mais sensível, tem mais neura com coisa de meio ambiente. Mas para Mateus claramente podia ser coisa muito pior, era um baita alívio descobrir que era mineração. Não temia ser preso nem nada tão drástico, mas temia algum constrangimento e, mais do que tudo, temia que o pai descobrisse assim que ele estava fazendo negócio com o tio.

Cava na cabeça e desenterra a lembrança de umas minas antigas que o tio tinha no Mato Grosso e que foram matéria de brigas antigas com o irmão. Talvez a mina estivesse embargada pela justiça e por isso não podia declarar o ouro? Uma tecnicalidade babaca dessas.

— Veio daonde? Daquelas terras antigas do senhor, lá, ainda, aquelas que foram do vô?

— Nada. A gente exauriu aquilo ali tudinho tem tempo. Secou foi tudo. Ficou nem o bagaço.

Damasceno termina, fecha a calça e puxa o sobrinho pra perto. Mateus pensa que aquela mão estava há segundos segurando um pau mijando, mas não fala nada. O tio continua com os olhos quase fechados por um sorriso enorme, indecente de tão escancarado.

— Tamo tirando lá de cima, lá do meio, de todo canto. Não tem mais essas bosta de terra de índio, não tem mais nada disso. É tudo nosso de novo, meu guri. É só chegar e pegar. Cabou aquela putaria de indústria da multa, de fiscal babaca, cabou aquilo tudo.

O tio sorri de um jeito infantil de novo. Quase doce. Dá um tapa nas suas costas e sai do banheiro sem lavar as mãos. Mateus faz seu xixi e depois lava as mãos sem se olhar no espelho. Com certeza jamais contaria para Lucca o que acabou de ouvir.

Ele volta à festa para encontrar primos, tios e tias dançando *Village People*. Pega mais uma cerveja e fica bebendo sozinho perto da pista de dança, procurando sem sucesso alguma mulher bonita desacompanhada que não seja prima de primeiro grau. Dois senhores mais velhos que ele não reconhece se aproximam para falar que são amigos do seu pai, elogiam sua empresa. Os dois são barrigudos e têm cabelo branco, parecem intercambiáveis nos seus ternos e gravatas. Mateus concorda com a cabeça, sem muito ânimo para ficar de conversinha. Eles continuam dizendo que aquela família, sim, era uma linhagem de líderes nacionais, de produtores e criadores de emprego. Mateus agradece. Só depois de constatar que está sendo chamado repetidas vezes de "Augustinho" é que percebe que está sendo confundido com outra pessoa.

II

Segundo o contador, a LiveupCrypto deve ser fechada imediatamente, mantendo apenas o mínimo para o aplicativo continuar rodando em funcionalidade mínima. Lucca o convence a manter por mais seis meses como se tudo estivesse bem. Em algum momento, sabe que terá de se resolver com alguns dos seus credores, funcionários e investidores, mas isso virá amanhã. E uma coisa que ele aprendeu é que o importante é sempre se concentrar no agora. Considera fugir, mas seria vergonhoso demais. Provavelmente seu pai e o de Mateus cobririam a maior parte do rombo, quando chegasse a hora, mas eles teriam de ouvir muito sermão até isso acontecer. Investidor sofre, mas foi maravilhoso demais, eterno, enquanto durou. Lucca não consegue nem chegar perto de se arrepender, vendo sua conta no Instagram e o impacto que teve na vida de tanta gente. Isso tudo não se compra.

Pierpaolo Lucchesi hoje morre de orgulho do filho, embora jamais admita para o próprio, usando toda oportunidade possível para mencionar aos amigos o valor estimado de mercado da empresa (no seu auge).

O INCONSCIENTE CORPORATIVO

— Mas que antes era impossível achar um hotel decente em Lisboa, era sim. É ridículo, nossa.

— Super, parece que você tá em Belo Horizonte, sei lá, é um horror. Só aqueles Mercure da vida.

— Total, Airbnb *salvou* aquela cidade.

Risos gerais na mesa de jantar. Até Daniel riu, como se não amasse Lisboa e ficasse nela em qualquer canto limpo e habitável sem reclamar. Só Belinda demorou para rir junto, chegando com aquele atraso de quem não estava nem ouvindo (no caso: de quem não achou graça nenhuma, mesmo). Sentiu ligeiras olhadas registrando o timing torto. Pediu desculpas e disse que estava distraída, que na verdade já era hora de apanhar a filha e partir. Tinha reunião no fuso da matriz norte-americana no dia seguinte, ainda de madrugada (era mentira, mas havia sido verdade no dia anterior; era como ela mentia melhor). A filha dela e de Daniel tinha ido para a sala de televisão das crianças assistir a um desenho animado uma hora antes, com os gêmeos da casa, depois de ter feito um escândalo na hora do jantar. Belinda prefere mil vezes estar com a própria filha gritando e esperneando que com aqueles ali.

Daniel fez cara de quem achava cedo, mas não insistiu. Sabia que ela não devia estar superconfortável naquela noite e, nesses casos, ele sempre a atendia. Belinda geralmente se encaixava bem em todo lugar e sempre gostou disso. Não gostava de criar atrito e tensão nos lugares, gostava de ser azeite nas engrenagens, sempre que possível. Foi assim que ela conseguiu subir tanto na vida, até agora, afinal, não foi? Mas esses amigos do Daniel mandavam umas às vezes que não dava. Era mais difícil de ignorar que o normal.

O grupo naquela noite, fora Belinda, era composto de seis amigos de infância, quatro homens e duas mulheres. O próprio Daniel admitia que eles tinham um troço esnobe correndo firme e fundo ali, principalmente quando se encontravam todos. Até os próprios admitiriam isso se confrontados, talvez (ao menos alguns deles). Mas era tudo tão habitual, sempre disfarçado de ironia, como se fosse só piada, que também ficava meio impossível de se criticar frontalmente. Tudo era dito como se fosse só uma piada a respeito do quão ridículo seria se alguém falasse aquilo a sério, exceto que se estava dizendo aquilo com todas as letras, diante de outras pessoas e tudo. Para Belinda, a impressão é que todos tinham pavor de ser vistos assumindo diretamente qualquer opinião, qualquer pose (com medo de ser a errada), por isso tentavam sempre deslizar por cima de tudo.

Antes de conhecer Belinda na faculdade e passar a ter uma devoção exclusiva e exagerada, quase cômica, a ela, Daniel cresceu na Gávea junto com todos ali. Dos seis presentes, só Belinda não tinha tido uma infância com viagens regulares à Europa e aos Estados Unidos, churrascos eventuais na casa de músicos famosos e artistas globais, colegas filhos de presidente do Banco Central etc. Todos os outros naturalizavam o complexo cenográfico e aristocrático da altíssima Zona Sul do Rio de Janeiro como se fosse a extensão total da cidade (e, no fundo, do país, excetuando-se alguns bairros de São Paulo e quem sabe Olinda no Carnaval). Quando ela falava sobre crescer em Ramos e demorar uma hora e tanto para chegar à PUC todo dia, os olhos se acendiam como se ela estivesse falando de um lugar exótico e distante como a Etiópia. E logo se apagavam ou mudavam de assunto.

Belinda hoje é uma advogada corporativa que trabalha com fusões e aquisições num dos maiores escritórios de direito corporativo do Rio de Janeiro, recentemente adquirido por uma firma norte-americana ainda maior, dessas com um verdadeiro exército de advogados. Ela gosta desse fato e de como ele preenche a boca ao ser falado por extenso. Se incluísse o nome da firma gringa, então, a frase ficava podre de chique. Seus amigos de Ramos, quando ainda acontecia de Belinda encontrá-los, pediam-lhe para falar o nome da sua posição por extenso, só de sacanagem, e ela sempre os atendia sem problema, um pouco constrangida, um pouco achando bom.

Ela não escolheu direito corporativo por paixão (muito menos o campo tão glamoroso das *fusões e aquisições*). Fez isso porque descobriu que era um campo com demanda em expansão quando estava na metade do curso de Direito na PUC, onde conseguia estudar por ser bolsista. Se fosse por prazer e aptidão, Belinda estudaria outras coisas menos rentáveis, com certeza (como música ou veterinária). Mas queria ter a tranquilidade de grana que os pais nunca tiveram. E, ainda que não achasse o universo do direito ou das corporações o mais atraente, havia algo nela que gostava muito de quebrar a expectativa que o mundo tinha a seu respeito. Uma parte dela gostava de ser a única mulher negra em tantos dos lugares cujo acesso ela conquistava com dificuldade.

Já Daniel quase não trabalhou com direito. Serviu de departamento jurídico meia-boca para duas startups fajutas e logo falidas de amigos antes de se juntar com Belinda. Estudou para concurso durante uns dois anos sem se dedicar muito e nunca chegou perto de passar. Parou de trabalhar e acabou virando, há dois anos, dono de casa de tempo integral. Ela pode reclamar de muita coisa dele, de ser mimado, de ser impaciente, mas mostrou-se um ótimo pai, além de ter se tornado parceirão geral em casa depois de algum aprendizado. Muitos dos colegas deles na PUC tiveram destino semelhante, saindo da área, virando *trader* na bolsa ou abrindo algum boteco no Baixo Gávea. Só um pequeno punhado deles era dedicado e autônomo como Belinda, desde sempre, e todos por algum nível de necessidade. A maioria dos que seguia na área se encaminhava desde o primeiro semestre a ocupar os feudos familiares de prática jurídica com diferentes graus de displicência e dedicação. O percurso de ungir os herdeiros era tão naturalizado que pouca gente piscava o olho quando uma colega dizia, com todas as letras, que seu pai, ministro do STJ, havia lhe prometido um posto de desembargadora antes dos quarenta. Belinda foi a única a ouvir isso e responder, de bate-pronto, sem pensar, com "isso não é ilegal?". Todo mundo riu. Ela acabou rindo junto.

Belinda se acostumou já na faculdade a conviver com gente ridiculamente rica e com a confiável falta de noção que essas pessoas costumavam manifestar em relação à realidade das pessoas normais. Combinar encontros da turma da PUC em lugar onde não se come por menos de cem reais (e não se bebe direito com menos de duzentos) era a norma, por exemplo. Os incomodados que fossem embora.

Quase todos os seus colegas de trabalho também nasceram com muito mais grana que ela (excluindo os funcionários da copa e da limpeza, os motoboys etc.). A mãe de Belinda foi enfermeira, antes de falecer num acidente de carro, o pai era um funcionário de nível médio aposentado e pacato do TJ (cujo tempo hoje se dividia entre amar e odiar, em turnos, o Vasco, o sindicato e o PT; e lavar seu Civic velho de guerra dia sim, dia não). Era difícil não se lembrar disso o tempo todo convivendo com seus colegas cujos pais eram médicos das estrelas, diretores da Globo, presidentes de multinacionais. Mesmo ela hoje tendo um salário próximo da maioria ali (ou da mesada, no caso de alguns), mesmo tendo ascendido na vida até o patamar de consumo em que eles sempre estiveram a troco de nada (aqueles cretinos), ainda assim, o sentimento de não pertencer voltava facinho nessas horas. Alguma referência que não apanhava, dessas que só gente que cresceu rica reconhece, alguma opinião ou sentimento naturalizado de gente rica que ainda lhe batia com estranheza. Nem sempre de um jeito ruim. Quase sempre, na verdade, gostava muito de se sentir diferente, muito diferente, daquele bando de moleques mimados. *Criados a leite com pera*, como o marido dizia, rindo, de si próprio. *Gostava* de sentir que tinha chegado aonde eles estavam por ser, na verdade, muito melhor que eles. De ter conquistado o mesmo que aqueles que o tinham recebido de mão beijada. Sentia isso até com Daniel, embora com ele o sentimento não fosse quase nunca agradável. Ela vivia na borda desse sentimento ambíguo de querer pertencer com toda força àquele mundo e achá-lo um tanto tosco e estranho sempre que se encontrava de fato lá dentro.

Daniel vivia cutucando aquele hiato entre os dois do jeito troncho dele. Adorava dramatizar a história de vida dela como inspiradora, o triunfo de uma grande vencedora num país injusto de merda e não sei o quê. *Minha guerreirinha*, ele falava meio de brincadeira, meio a sério. Gostava de fazer isso quando estavam só os dois, e também gostava de esfregar na cara dos amigos que haviam casado dentro da própria classe. Belinda achava simpático o cacoete, embora houvesse momentos em que se sentisse um pouco como uma personagem num filme meloso que, tinha a impressão, passava na cabeça dele (o subtexto, às vezes sutil, às vezes explícito, sendo que também deveria haver algo nobre em Daniel de se casar com ela, na ousadia de sair da sua programação de raça e classe).

Belinda pensa nisso tudo enquanto troca sorrisos com a babá dos amigos do Daniel, que está recostada no sofá enorme da sala de televisão mexendo no celular, com seu uniforme branco (que sempre lhe dá arrepios, mas ela se morde para não comentar). Belinda acha que a babá se chama Neide, mas não tem certeza, e não quer errar (pode ser *Lady,* ela já conheceu uma *Lady*). Belinda sempre tenta tratar a babá de maneira muito simpática, desejando com força que ela responda com uma naturalidade maior que aquela com que trata os patrões, como se quisesse registrar na mínima interação entre elas algum diferencial entre ela e os amigos do Daniel. A menina, que tem olhos de peixe e não parece ter mais de dezenove, no momento se mostra indiferente a tudo que não seja a tela do seu celular. Quando fala, fala com um rosto imperturbado.

— Ela tá boazinha aqui assistindo, viu, dona Belinda. Uma princesa.

Elisa, sua filha, também está totalmente absorvida pela outra tela, da televisão. Os gêmeos da casa se encontram ligados na tomada pelo carregador dos tablets que seguram, mesmo depois de terem desfalecido entre bichos de pelúcia e almofadas.

Só Elisa estava acesa ainda, o cabelo desgrenhado.

— Tá na hora, meu bem, vamos?

Ela nem responde, o que em geral quer dizer uma tentativa deliberada de comunicar imersão em algo. Estava mastigando furiosamente o cordão do seu casaco azul-bebê (outro sinal confiável de imersão), o rosto tingido das cores que passavam na tela.

— Tá assistindo o quê, hein, criatura? Não conheço esse programa.

— Eu também nunca tinha visto. É muito bom. É muito legal *me-e-esmo*.

Belinda decide encarar o programa por um instante, para não fazer pouco do interesse dela. Quando criança, sempre odiou quando os adultos a tratavam de maneira condescendente, tentava evitar isso ao máximo com a filha. Dentro do possível.

— Parece legal mesmo. Diferente essa animação. A gente termina em casa, que tal?

— Não! Não tem esse lá em casa, eu nunca vi.

De fato, Belinda nunca tinha visto aquele desenho antes. Descobriu com a babá que se tratava de uma plataforma nova que tinha uma pilha de conteúdo infantil. Anotou o nome, prometendo à filha que assinariam em casa no dia seguinte (sem deixar de notar que a cena ali, todo o diálogo dela com a babá, inclusive o súbito entusiasmo dela, parecia saído de um comercial da própria plataforma). Teria dito qualquer coisa para conseguir ir embora, mas sabe que terá de cumprir a promessa depois. Ainda assim, continua assistindo à tela por alguns segundos antes de apanhar a filha de uma vez só nos ombros. Na tela, um planeta roxo enorme falava em frases muito compridas: "Eeeeuuuu estoooou deprimidooooooo, doutoooooor".

Onde ela já tinha visto aquilo antes? Já tinha visto aquilo antes, com toda certeza.

(*)

Elisa aceitou o colo, em dez minutos os três estavam no carro a caminho de casa. Belinda dirigindo, como quase sempre, Daniel bêbado no banco de trás com a criatura e a cadeirinha. Ela se sentia a motorista da família sempre que se configurava esse arranjo, o que não era ideal. Mas não beber naqueles eventos não era um sacrifício. Ela gostava de se manter sã enquanto todo mundo derretia em volta (o fato de que considerava quase todos aqueles playboys umas crianças mal crescidas só se tornava mais patente que o normal, a ponto de ser mais cômico que irritante).

O pai e a criança, no momento em estados de competência mental e motora singularmente parelhos, se divertiam horrores com algo que Belinda nem entendeu o que era, mas que envolvia os vários apetrechos e trinques da cadeirinha. O que deixava a mente de Belinda livre para refletir sobre a estranheza do que ela acabou de ver. Estranheza cuja fundura ela mal havia conseguido articular para si própria até então.

A cena do desenho animado a que sua filha estava assistindo era *muito* familiar. Não o desenho em si, Belinda tinha certeza de que nunca vira antes, o estilo de animação e a feição específica dos personagens, tudo era bem novo para ela. Até ontem, antes de a filha completar três anos, Belinda não tinha opiniões fortes sobre animação. Mas hoje já tinha seus animadores e estúdios favoritos, sabia quais dos programas eram assistíveis (divertidos, até) e quais configuravam morte cerebral no espectador adulto depois de alguns minutos.

Belinda só viu alguns segundos da cena, ali naquela sala de televisão macia e agradável, em tons pastel, sóbria e pré-vista como uma foto de revista de decoração. A princípio encarou a TV só para agradar à filha, mas logo se viu transfixada por conta própria. A animação era diferentona, tinha um estilo analógico antiquado, como se fosse colorido com giz de cera, lembrando um desenho soviético antigo que seu marido lhe mostrou uma vez. Mas não parecia ser antiga de fato, era como se estivessem imitando com computador aquela aparência analógica antiga. Um estilo sofisticado, até.

A graça da cena parecia se depositar no fato de que os planetas se comunicam muito devagar, com frases *compriiiidaaaas*. Viviam em outra duração, mais arrastada que nossa vida. Cada planeta se apresentava num círculo (que era também o sistema solar) e começava a falar dos seus problemas. O Sol portava óculos e cachimbo, servindo de analista para os outros. Isso também era familiar. Mas, quando o planeta roxo se apresentou e começou a falar, isso sim ressoou forte em Belinda.

Como se já tivesse *com toda certeza* visto aquilo antes, e mais de uma vez.

Belinda dirige até em casa martelando a questão. Por que essa cena era tão familiar? *Como* ela seria familiar? Um sonho? Ela se lembra, assim que a 4×4 entra na garagem do prédio pela rampa curvada e a familiar sucessão mecânica e sonora sinaliza ao corpo a chegada em casa, que *sim, era um sonho.*

Impossível de negar a memória, que chega assertiva como um tapa fresco na bochecha, não do sonho, mas de contar o sonho para seu analista, Rubens.

Rubens foi o único analista com quem Belinda se entendeu na vida. Ela se lembra agora com muita precisão do seu rosto enorme e ruivo, com sardas sobrepostas a sardas, orelhas largas de cachorro, enquanto ajuda o marido a tirar Elisa do carro e carregá-la nos ombros. Sempre achou análise um negócio pra lá de burguês. Não tinha nada contra o princípio clínico da coisa, parecia fazer sentido sim (ao menos para algumas pessoas). Mas algo nela não aceitava a cena de si mesma fazendo análise. Aquilo poderia ser supernormal para protagonistas de filmes do Woody Allen ou para grandes executivas paulistanas cujos pais e avôs são nome de rua. Para ela própria, seguia parecendo uma afetação estranhíssima se sentar numa sala com um desconhecido e ficar falando dos problemas pessoais. Continuou parecendo depois que o preço parou de ser relevante no seu orçamento, com sua ascensão rápida na firma. Uma amiga sua de Ramos que também tinha subido um tanto de classe, Rita (que trabalha na Vale), gostava de dizer que Belinda não aceitava deixar de ser pobre, não conseguia abrir mão de algumas pequenas coisas do seu antigo estilo de vida, coisas que ela nem se tocava que tinham a ver com isso. Belinda sempre ria, mas talvez Rita estivesse certa.

Ainda assim, Belinda havia conseguido ficar por mais de três anos com Rubens. Duas sessões por semana até ele falecer em janeiro de maneira súbita e inesperada, com um câncer de esôfago diagnosticado tarde demais. Durante aqueles três anos, Belinda sentiu que avançara em algumas questões, ao menos que conseguira articular muitos sentimentos agudos pela primeira vez na vida, e a detectar uns ciclos afetivos repetitivos que aos poucos pareciam controlá-la de maneira menos tirânica. Não que Rubens tivesse qualquer insight significativo durante o processo. Era mais perdido que Daniel, quando arriscava algo. Mas tinha lá suas sobrancelhas bondosas e escutava bem, e, quando chegava a falar, ao menos não a incompreendia de uma maneira agressiva. Isso era mais do que ela podia esperar da grande maioria dos homens, que dirá dos analistas. Ela nunca se animou em buscar um sucessor.

E foi Rubens que a ouviu falar um tempão sobre esse sonho estranho que ela havia tido de maneira insistente no ano anterior. Várias vezes, agora ela se lembra bem. Tinha quase apagado tudo aquilo, como tudo relacionado ao falecido, mas agora voltava, e voltava em *technicolor*. Elisa ainda era bebê, na época, e era só com isso que Belinda sonhava. Um planeta roxo enorme que se lamentava a noite inteira em frases arrastadas. No sonho, era como se Belinda fosse o Sol, o analista do planeta (embora ninguém falasse diretamente com ela em momento algum, a sensação era essa).

Belinda e Rubens riram muito disso e da possibilidade de que de algum jeito a relação analista-paciente dos dois estivesse em jogo no sonho. Rubens pediu-lhe para elaborar essa possível conexão. Belinda não achou que aí estivesse o maior insight analítico do mundo, mas não gostava de desencorajar Rubens, que era tão econômico em arriscar qualquer interpretação que fosse e em geral ouvia os pensamentos mais violentos, sexuais ou ultrajantes de Belinda com uma cara de assustado, as sobrancelhas comicamente mantidas lá em cima, sem dizer nada.

Belinda, na época, não conseguia encontrar nenhuma relação clara entre sua vida e aquele sonho bizarro. Ela até admitia que sonhos em geral parecessem de fato ser compostos dos nossos medos e desejos, como a psicanálise entendia, até onde ela sabia (sem muita confiança). Mas sempre suspeitou que parecia haver também uma medida razoável de ruído aleatório envolvido. Para ela, um sonho era como um mexidão que nossa cabeça fazia com tudo que sobrou na geladeira. Os desejos mais profundos e recônditos misturados com a sinapse mais aleatória que dois neurônios conseguem fazer. Desejos sexuais por membros da própria família misturados com leves impressões a respeito de um ator de novela morto havia mais de uma década.

Por isso, para Belinda, nunca fez muito sentido insistir em ler muita coisa num sonho zoado como aquele. Se você sonhava que matava os próprios pais e botava no liquidificador, beleza, dava para concordar que o negócio era pesado, que talvez dissesse algo profundo sobre você e seu estado afetivo e mental. Se você sonhava que transava com um amigo ou algo assim, também ok. Mas e se você sonhava que cantava karaokê com o Celso Portiolli, e aí? Como é que isso poderia querer dizer grande coisa?

Celso Portiolli é o sucesso, Rubens chegou a arriscar uma interpretação, num dos seus momentos menos felizes. *Porque é famoso,* chegou a explicar. Mas não levou muito adiante, talvez sentindo a reação dela.

Na época, ela própria insistiu com Rubens que o sonho do planeta não era nada demais. Era desses *peidos mentais*, como ela chamava. Por isso mesmo que ele a encucava, aliás. Por que diacho que alguém vai e sonha várias vezes com um planeta roxo enorme falando abobrinhas numa voz arrastada? Os sentimentos expressos não eram nem coisas que ela própria reconhecia em si. O planeta lamentava sua própria extensão, dizia ter ansiedade a respeito da sua atmosfera e de uma fusão que aconteceria em breve entre ele e uma vasta nuvem de meteoros. Ela gostava do próprio corpo hoje, ao menos muito mais do que quando era criança e adolescente. Com certeza não se sentia *vasta* demais.

Rubens logo apontou a relação entre o planeta e as grandes empresas cujas fusões Belinda manejava no escritório. Até aí tudo bem, essa relação fazia sentido. Ela de fato se via com frequência responsável pela coordenação jurídica de extensões desmedidas de grana, de gente e material. Mas era mais deprimente que qualquer outra coisa perceber-se enfiada naquele sentimento até nos sonhos. Daniel diz que ela trabalha demais, mas sempre que isso acontece ela pensa, sem poder dizer, que ele só falava isso porque não precisava trabalhar. Não de verdade. Ela queria poder chegar àquele lugar. E aí deixaria de trabalhar o tempo todo. Só aí. O sonho parou, depois de uns meses, e Belinda não quis dar muita trela para a ideia, na época.

Agora ela volta a ficar encucada. Daniel bota no Netflix uma série que os dois acompanham e ela continua pensando no sonho. Depois que põem Elisa na cama, Belinda considera contar tudo para o marido, mas, quando chega ao banheiro, ele já está passando fio dental e cantando a melodia de "The Final Countdown"[1], da banda *Europe*, ao mesmo tempo, sem concatenar nenhuma das duas atividades direito. Belinda acha melhor deixar pra lá.

No dia seguinte, já acorda com a história entalada na cabeça. Antes de sair para o trabalho, pesquisa sobre a tal da plataforma de conteúdo infantil e pede ao marido que assine para a filha. Fica surpresa ao descobrir, na primeira googlada, que a plataforma é cria da fusão corporativa gigantesca que ela tocou na firma durante o ano todo, até o mês anterior.

A Time-Viacom havia comprado a Warner-Walton numa das maiores fusões de conglomerados midiáticos de todos os tempos, um negócio tão massivo e complexo que reverberou e ainda reverbera na ecologia midiática de vários países. Não era a Disney comprando a Fox, mas quase. Várias franquias famosas de propriedade intelectual mudariam de mão, abrindo e fechando possibilidades de sequências, trilogias e *crossovers* entre personagens *(a Incrível Família Walton* faria um filme junto com o *Porco Pete*, por exemplo). As subsidiárias das duas empresas em vários continentes precisavam, também, acertar todos os seus ponteiros e coordenar todos os seus catálogos de *streaming*.

1. Ele faz isso desde que se conheceram, oito anos antes, e assistiram a um seriado norte-americano em que a música toca algumas vezes. Espera de algum jeito que ela ainda ache graça daquilo (e ela às vezes acha, ainda que geralmente da tentativa dele, não da referência).

Foi nesse processo que a *Dream+*, uma nova plataforma de entretenimento dedicada a conteúdo infantil e infantojuvenil, foi criada, reunindo todo o conteúdo jovem da Time-Viacon e da Warner-Walton, que até então se via disperso por outras grandes plataformas corporativas, num único repositório multimeios acessível na palma da mão no mundo todo. Já nascia como a segunda principal plataforma do mundo para esse nicho de conteúdo (depois da Disney, é claro). Belinda havia tocado pessoalmente parte do processo, que envolvia renegociar com muito cuidado e tato os direitos de transmissão de uma quantidade enorme de conteúdos originais e externos com uma cangalhada de parceiros antigos e competidores diretos, levando em conta as particularidades de cada região. Belinda fez todo esse trabalho meses antes de os publicitários se decidirem por um nome para a plataforma, por isso não havia ligado uma coisa à outra quando comerciais anunciando seu lançamento passearam por sua atenção periférica.

Agora ela repetia o nome da plataforma para o marido, explicando que a filha estava doida para assistir ao programa do planeta roxo deprimido (sem acrescentar que ela própria também estava doida para assistir ao negócio inteiro).

Quando chega ao trabalho, Belinda tem dificuldade de se concentrar. Pesquisa sobre o programa e fica surpresa de descobrir que é brasileiro, o primeiro programa daquele canal estrangeiro a ser produzido para preencher uma quota de conteúdo nacional prevista em lei. O programa não parece ter sido renovado, pelo que ela entendeu. Havia só seis episódios que eram reprisados com alguma frequência. Todos eles tinham sido escritos ou coescritos por Eric Anaheim, um californiano que morava no Rio de

Janeiro (e que tinha onze amigos em comum com ela, segundo o Facebook, ninguém próximo). Não era feio, embora tivesse um jeito meio genérico de americano criativo (barbudinho meio dorme-sujo, cabelo de roqueiro, um pouco acima do peso).

Belinda sai cedo do trabalho, o que praticamente nunca acontece, e, quando chega em casa, encontra a filha deitada com o pai, já imersa no sexto e último episódio da série. Ela não precisa nem assistir ao negócio inteiro para sentir a espinha e o corpo se contorcendo numa onda fria. Era o mesmo que ela havia interrompido no dia anterior. A coisa toda seguia parecendo familiar demais.

O planeta roxo continuava expressando seus medos e ansiedades, e nesse episódio outros planetas apareciam para conversar e dar uma força, todos dançando e cantando, no fim, numa conjunção astral animada e apoteótica. De resto, o programa era muito meloso e lento, até choroso, num tom que Belinda se lembrava de encontrar em programas feitos para um público ainda mais novo, que mal conseguia falar, tolerando níveis pré-escolares de repetição exaustiva. O tom do programa estava num meio-termo emocional esquisito entre ser extremamente inofensivo e infantil e lidar de maneira até jeitosa com ideias científicas complexas e sentimentos difíceis.

Belinda reconhece com força, de novo, algumas coisas que o planeta fala. Não como sentimentos que ela já teve antes, mas como imagens que já passaram por sua cabeça e que foram articuladas diante do analista. De repente, é como se sentisse um encaixe distante se fechando em algum canto da sua cabeça. Pela primeira vez uma solução trivial, até boba, surgia para toda aquela situação esquisita.

Aquele programa havia sido escrito no Rio de Janeiro, afinal, por aquele gringo carioca genérico. A chance de esse tal de Eric Anaheim também ser paciente de Rubens de repente lhe parece enorme. Se eles tinham amigos em comum, a chance de alguém ter recomendado o mesmo analista no passado era considerável, não era? Quantos pacientes um analista bem-sucedido tinha na vida? Quantos não deviam vir de uma mesma patotinha? Então pronto, era isso. Ela havia confidenciado seus sonhos esquisitos para Rubens, que havia sido indiscreto a ponto de repassá-los adiante (com sorte preservando sua identidade, pelo menos). E aquele escritorzinho infantil de meia-tigela tinha roubado o inconsciente dela para produzir conteúdo corporativo licenciável para incontáveis países. Pronto.

Belinda não se sentia representada por aquele planeta roxo nem por seus sentimentos, mas ainda assim era estranho ter algo tão pessoal quanto seu inconsciente apropriado daquela maneira. Pelo menos havia algo de tranquilizador em sentir que tinha seguido o percurso de maneira lógica. Sentiu-se brilhante, por alguns minutos. A própria Sherlock Holmes. Do seu inconsciente direto para uma sessão analítica, esse elemento tão caro ao mundo moderno, e da sessão analítica para um roteiro de entretenimento corporativo. Era meio que o circuito tradicional da imaginação no capitalismo, no fundo nada demais, nada nem a se comentar muito.

Ainda assim, para confirmar, ela se vê adicionando Eric no Facebook e emendando um chat que ela própria entende como esquisito enquanto digita.

— Olá, tudo bom? Desculpa chegar assim, a gente não se conhece, mas você é o mesmo Eric que escreveu aquela série infantil *Astral Buddies*?

Ela fica olhando para a frase ali digitada, depois de enviá-la. Escritores de conteúdo para criança de colo não costumam receber tietes, costumam? Não com mais de dez anos de idade, ao menos. A possibilidade de haver um sem-número de mães que fossem atrás de paquerar escritores de seriados infantis a deixa um pouco envergonhada. Belinda não queria ser confundida com essa demografia, então imagina sua possível existência, embora nem saiba precisar o porquê.

Tenta trabalhar um pouco, mas só consegue realizar as tarefas mais mecânicas, responder a e-mails rotineiros e enviar uma petição totalmente protocolar já concluída no dia anterior. Abre o Facebook de novo meia hora depois e encontra uma resposta dele.

— Sou eu sim :) Você gosta do programa? Que surpresa bacana.

Ela começa a responder com um "sim!" entusiasmado, mas corrige para "minha filha adora!" antes de enviar.

Ele se mostra muito cortês e simpático, explica que uma segunda temporada não foi encomendada pela matriz, mas que se orgulha daqueles seis episódios que tinham ganhado alguma audiência na América Latina e fica feliz de ver que agradou a algumas pessoas de verdade também, além dele próprio.

Belinda fica olhando para aquelas frases (um pouco formais, claramente habituais) por um tempo. Pensa em perguntar do episódio, de onde a ideia teria vindo. Pensa ainda em perguntar direto do Rubens e se Eric havia feito análise com ele no passado. As duas perguntas lhe pareceram meio súbitas, assim sem contexto. Ela fica com os dedos tremendo em cima do teclado, por alguns segundos, até que digita:

— Você tá livre hoje a noite? Queria trocar uma ideia sobre o programa, assim, de mãe pra criador. Tinha uma coisa importante pra te perguntar :)

Ela envia antes de reconsiderar a frase, algo que nunca faz. Nota só depois de enviar que poderia ser lida como um flerte e que ela própria talvez a teria lido assim. Além disso, seu perfil era tão morto que ela nunca o atualizara de solteira para casada. O que ela estava fazendo? Vive tão sem tempo para nada que trair Daniel soa, na prática, tão improvável quanto aprender a tocar gaita de foles ou falar mandarim. Ela nem se lembra da última vez que flertou de verdade com outro homem, além do seu estagiário novinho e ombrudo (mas isso era só brincadeira, até porque ela não leva homem de coque a sério). Ela enuncia para si mesma que não estava de fato flertando com Eric, está só usando o que ainda lhe restava de charme para ver se consegue logo alguma informação. E talvez aquela fosse, mesmo, a maneira mais agilizada de descobrir o que havia acontecido. Tomariam um café, meia horinha ali, conversinha vai e vem, pan, e pronto. Depois chega em casa e conta tudo para o maridão, que vai com certeza achar a maior graça.

A resposta de Eric demora algumas horas, o que a faz se arrepender amargamente da pergunta. Mas, quando chega, chega animada, hiperdisposta, já sugerindo um bistrô no Jardim Botânico e um horário. Não é o que ela queria, mas aceita, mandando em seguida uma desculpa para Daniel envolvendo um aniversário de trabalho que ela teria esquecido.

Belinda vai do trabalho direto para lá, sem se arrumar além do seu traje profissional mas também sem desleixo, retocando a maquiagem sempre comedida no espelho do carro, no estacionamento. Belinda sabe que é uma mulher muito bonita e que o fato de ser uma mulher negra alta com um rosto original e severo que se veste com roupas elegantes e caras traz todo um adicional de tesão pra maioria dos homens do seu meio social. Não foi uma nem duas vezes que foi chamada de exótica. Ela se divide o tempo todo entre se divertir muito com o efeito que tem sobre os homens e ficar com nojo daquele fetiche tão escancarado, quando se esparra demais. Ainda mais quando vem de gringos. Tampouco foi uma ou duas vezes que notou ereções armadas como araucárias nas salas de reunião em que estava fazendo uma apresentação para os mandachuvas da firma. Naquela noite, ela queria se aproveitar desse efeito da maneira mais eficiente possível. Deixar Eric na mão dela sem se expor demais, sem precisar paquerar de maneira exagerada e ver se ele entregava o quanto antes o que ela queria saber.

Assim que chega, as segundas intenções de Eric ficam mais que evidentes. Se ele tinha sido mais ou menos discreto no chat, ali já dava para ver no perfume exagerado, na mão suada, no olhar embasbacado diante dela que ele já tinha criado altas expectativas para aquela noite. Ela se sente mal, fica com vontade de contar logo que é casada e deixar tudo claro desde o princípio, mas ele não dá chance nenhuma, sai atropelando a falar de si mesmo, da sua formação em Brown (uma universidade Ivy League, ele diz, antes de explicar o que isso queria dizer de maneira constrangida e expectante), da sua visita ao Rio ainda na graduação e do seu casamento breve e amaldiçoado com uma catarinense que era bióloga marinha. De como ficou fascinado com a Lapa e com os morros misturados à cidade, a mescla entre natureza e cultura. Queria impressionar, com certeza. Ela fala pouco e escuta menos ainda. Ele pede uma cerveja, ela toma uma Coca Zero (o que parece desapontá-lo).

Ele é engraçado, ainda que autocentrado. Gente engraçada ganha muitas concessões com ela. Finalmente perguntada, ela fala da própria vida e da sua trajetória até então num sumário apressado, como numa entrevista de emprego. Ele se mostra entusiasmado mas também não a cutuca além do que Belinda quer contar. Ela insiste para Eric falar mais do trabalho, não só para chegar logo ao que a trouxe ali, mas porque está interessada, mesmo. Ela nunca tinha conversado com um roteirista antes, não com um que fosse pelo menos um pouco bem-sucedido (os calouros de cinema da PUC não contavam).

Ele se sente realmente encorajado e começa um pequeno monólogo de cinco minutos sobre a dificuldade de se fazer reconhecer num meio saturado e cheio de intrigas internas, nepotismo e abuso de poder. Depois, outro monólogo, maior, sobre a *extraordinária* dificuldade de produzir arte num ambiente corporativo, as várias estratégias a que ele recorria para produzir *conteúdo* (ele usava a palavra com um travo enojado na boca) que fosse amigável para as empresas, mas ainda assim interessante, com alguma virada sutil mirabolante às vezes voando muito acima do nariz dos produtores e dos demais engravatados.

Ela pede que ele dê um exemplo, e Eric parece desconfortável. Gagueja um pouco e acaba contando como escreveu um episódio de uma série de terror adolescente que abordava questões "super, superprofundas" de filosofia da mente. Ela concorda gravemente, como se entendesse o que isso quer dizer com um grau tremendo de precisão.

— Foi mais ou menos o que eu tentei fazer com a série infantil. A que você gostou.

Pronto. Chegaram aonde ela queria. Belinda tenta ir puxando o novelo, sem parecer ansiosa demais. Escuta como se deu a gestação e o desenvolvimento do projeto, Eric se demora em inúmeros detalhes que ela rapidamente percebe que não são o que ela quer saber. De como ele achava importante trazer conhecimento científico para as crianças de um jeito bacana, e não antiquado. Que a gente começasse a realmente a entranhar a vastidão do cosmos na nossa imaginação coletiva, na imaginação das crianças. Entender nosso tamanho nessa coisa imensa sem se angustiar com ele. Muito pelo contrário. Ele falava isso apertando os olhos, como se estivesse trazendo algo muito sério para exame. Ela não conseguia nem discordar, nem concordar, atenta que estava à sua meta.

— Legal. Mas sabe o último episódio? Aquele que os planetas todos se juntam pra fazer uma espécie de análise coletiva? Era dele que eu mais queria te falar, na verdade. Ele me pegou muito.

— Sei, sei, *claro*, é meu favorito também. Eu já tinha sentido ali pelo tom das reuniões que eles não iam encomendar, então de última hora tentei fazer uma conclusão meio apressada pra coisa toda, meio dane-se, vou fazer do meu jeito mesmo. Saiu aquela sessão esquisita que vira musical no fim.

— Massa. Então, eu fiquei com uma dúvida vendo. Achei meio familiar, mas não consigo assim precisar o quê, sabe. Você teve alguma influência maior assim, ali, pra cena?

— Musicais e tal. Você deve ter reconhecido algumas. Busby Berkeley. *Chicago*. O original do Bob Fosse, não aquele remake horrível. Várias influências acabaram, assim, influenciando.

Ele faz uma cara de dor pela redundância da frase que acabou de dizer. Sorri constrangido. Ela claramente não está nem aí.

— Pior que não. Mas o principal, assim. Você pegou essa ideia de algum lugar?

— Olha, não. Acho que não. Assim, a gente sempre pega as coisas de algum lugar, né. Mas essa aí eu até lembro de me orgulhar de pensar que é totalmente minha. Até onde isso é possível, claro. Me veio assim, plin. Do nada.

— Engraçado, porque eu jurava que já tinha visto aquilo antes. Tem certeza de que não tirou aquilo de algum lugar?

A cara dele azeda rapidinho. Eric primeiro abre os olhos como uma criança, como se sentisse acuado, e depois franze a testa de maneira agressiva.

— Olha, não estou entendendo o que você... Se você tem alguma acusação pra fazer, eu posso te apresentar meus advogados. Numa boa. Você representa alguém?

— Não, não é isso. Nossa, não. Relaxa. Eu não sou escritora, nem nada assim. Eu sou advogada, te falei, mas não disso. De direito autoral. Não vim acusar você de nada. Deixa eu começar de outro jeito.

— ...

— Você fez análise com um cara chamado Rubens Badaró? Ou conhece alguém que fez, sei lá?

— Rubens *Badaró*? Olha, acho que não. Eu não acredito muito em análise. Eu faço meditação e crossfit. Basicamente. E pra mim já tá ótimo.

— Tem certeza? Rubens BADARÓ.

Ela levanta a voz sem querer. Duas senhoras numa mesa vizinha olham para eles.

— Toda certeza. Tenho certeza absoluta de que eu nunca conheci nenhum *Rubens* e nenhum *Badaró*.

Ele também levanta a voz, ficou um pouco irritado. Ela tenta desarmar aquela tensão súbita com um tom mais tranquilo.

— Sei. Caramba. Que coisa.

— O quê?

— Nada, nada não. Então quando você escreveu aquele episódio de *Astral Buddies*, era só você com você mesmo? Eram só teus sentimentos ali e pronto? E tchan?

— Acho que sim, né? Assim, a gente vai misturando as coisas e tal. Mas era eu ali e pronto, igual você disse.

Ela parece sopesar algo por alguns segundos antes de dizer:

— Eu sonhei aquilo. Eu sonhei aquilo tudo ali. Dois anos atrás.

Os dois se encaram de uma maneira súbita e intensa. Riem de nervoso.

— Como assim? Você sonhou que um planeta ia no analista?

— Não só isso. Um planeta roxo, um planeta roxo deprimido que fala devagar. É meu sonho todinho ali.

— ...

— Um planeta roxo deprimido que fala devagar. Tô te falando. Não é coincidência, não é uma coisinha só que parece. É tudo. Um planeta roxo deprimido que fala devagar e que tá ansioso com seu próprio tamanho. Com uma cara comprida assim de basset.

Ela puxa as próprias bochechas até perceber que uma senhora da mesa do lado está olhando.

— Meu deus. Sério? Tem certeza?

— Absoluta. E eu não sou uma pessoa de planeta. Assim, que fica pensando em planeta, lendo sobre planeta. Não gosto nem de astrologia, nem de astronomia. Caguei pra signo, caguei pra buraco negro. Sabe?

— Sei.

— E então, que que você me diz?

— Olha, eu não sei o que te dizer. Só posso te dizer que eu escrevi aquilo sozinho.

— E você me jura de pé junto que não conheceu o Rubens?

— Não conheci o Rubens, juro do jeito que você quiser.

Os dois continuam se encarando, agora com um sorriso de canto de boca brotando dos dois lados.

— Que coisa bizarra, meu deus.

— Totalmente.

— A melhor explicação que eu tinha arrumado era o Rubens. Por isso que eu quis falar contigo. Não pra te confrontar, nada assim. Muito menos pra te processar, imagina. Eu só queria que você me admitisse que sim, que um dia você viu um analista contar desse sonho maluco, e pronto, era o meu. Que meu sonho conseguiu de algum jeito chegar a um escritor que escreveu e produziu essa animação que minha filha estava vendo ontem à noite. Essa seria a resposta mais simples pra essa história. Tipo, isso me deixaria *feliz*. Porque pelo menos explicaria.

— Então. Desculpe, mas não. Esse Rubens não tem nada a ver. M...

Ele engole o ar e não fala. Belinda acha melhor não pressionar. Ele parece indeciso, demora um pouco. Puxa a barra do próprio casaco várias vezes. Tamborila na mesa duas vezes uma mesma batida.

— Deixa eu te falar um negócio. Então. O bizarro não é só você ter sonhado com esse planeta e depois eu botar na série. O bizarro não é isso, não.

— O que que é o mais bizarro, então?

— O mais bizarro é que eu também sonhei com esse planeta. Foi assim que eu criei a série pra começo de conversa, na verdade. Eu sonhei com aquele final várias vezes, ao longo de, sei lá, um mês, e daí fui fazendo os episódios todos.

— ...

— Não sei por que menti antes pra você. Desculpa. Mas você entende que isso tudo é bem bizarro. Eu não contaria pra uma estranha como isso aconteceu. Não contei pra ninguém no canal.

— Sim. Claro. Eu não contei pra... ninguém.

Ela quase falou marido. Depois, não sabe por que não falou. Também não sabe direito por que não contou nada para Daniel até agora. Chegou a rascunhar duas vezes uma mensagem comprida no WhatsApp durante o trabalho, mas apagou. Tinha muita coisa na vida dela que era facilmente engolida por esse abismo que havia entre ela e o marido. Aquela parecia ser mais uma delas.

Eric pede outra cerveja, ela pede uma também.

— Isso nunca tinha acontecido comigo. Eu nunca tinha escrito nada a partir de sonho. Por isso que eu fui atrás de fazer um negócio infantil, aliás, nem é minha área, nunca foi. Eu escrevia seriado de terror, na verdade. Quase sempre. Sem contar uns frilas totalmente aleatórios, vídeo institucional, botar piada em roteiro já incrementado mil vezes, coisas que eu nem assino. Mas esses sonhos começaram a aparecer, e certamente não era um piloto convencional, nada do tipo. Mas aí, pronto, em alguns dias eu já tinha o negócio todo rascunhado. Meu sentimento foi de transcrever a parada, sabe.

— Que doideira.

Os dois já estão com um mesmo sorriso bobo na cara. Logo estão na quarta e quinta cervejas. Seguem especulando uma série de combinações improváveis de eventos que poderiam levar ambos a sonharem com a exata mesma coisa numa janela de três meses de distância (até onde conseguiram retraçar). Eles podem ter visto uma mesma série de filmes, seriados e canções que lidem com o assunto. Não conseguiram encontrar tantos seriados e filmes que mostrassem planetas e que os dois tivessem visto na mesma época. Brincam com a possibilidade de serem meios-irmãos gêmeos perdidos na maternidade (mas a falta de semelhança qualquer dos dois e a parecença clara de cada um com seus respectivos genitores descartava a possibilidade, mesmo de brincadeira). Aventam, em seguida, rindo horrores, a possibilidade de serem almas gêmeas cuja união estava desenhada na urdidura do próprio cosmos. Ela ri desconfortável dessa, e ele desvia o olhar por alguns segundos.

Em seguida, Eric analisa com gravidade as fotos que ela encontra no Google do analista Rubens (sorrindo amarelo num congresso, num terno feio; num lançamento de livro sobre *Lacan e os estudos culturais*) e segue jurando de pé junto que não só nunca havia sido seu paciente como não o conhecia na vida social.

(Desde que Belinda ouviu uma amiga psicanalista do Daniel contar em mesa de bar histórias dos seus pacientes, ela parte do pressuposto de que todo e qualquer analista provavelmente espalha as intimidades dos seus pacientes por aí o tempo todo.

Ela própria entende, até certo ponto, certamente não julga demais, acha que faria o mesmo, se aquele fosse o trabalho dela.)

Eric tampouco o havia encontrado e conversado num dia aleatório num avião ou bar, nada assim. Com toda e absoluta certeza. Ele jurou e depois benzeu o que havia dito, como se isso tornasse aquilo mais confiável. Ela perguntou se ele tinha alguma fé e ele disse que não. Ela disse que também não tinha. Os dois riram. Mas eu acredito em juramentos, ele disse, em seguida, mais sério. Começavam a rolar umas trocas de olhares mais intensas que ela logo desviava para conter. Mas os dois sabiam o que estavam fazendo.

Três horas depois, ela está adentrando a sala dele num apartamento ali no lado, na rua vizinha, os dois enganchados numa massa só de braços e pernas afobadas. Assim que entram, ela já vai desabotoando a saia e se esparramando no sofá, ele vai afastando a calcinha com a mão para poder chupá-la todo contorcido e agachado. Ela fica surpresa com a desenvoltura inicial dele para um cara que passava um jeitão meio travado, de quem não seria nada safo com sexo. Infelizmente o início foi o auge da coisa, o resto sucedeu rápido e assustado, ele gozou do nada e pronto. Caiu para o lado e já ficou quase inerte, arfando, como quem quisesse ir dormir, e de preferência sozinho.

Belinda havia se animado bem com o papo todo de sincronia cósmica, mesmo que dito ironicamente. E ela não transava havia mais de um mês. Já estava explodindo ali embaixo com os mínimos toques dele. No embalo, acaba insistindo um pouco em cima dele mesmo enquanto o sente já ficando flácido. Basicamente usa Eric como um boneco, por um instante, para chegar aonde precisa, segurando pelo pescoço e dizendo que fique quietinho por um instante. Arrepende-se antes mesmo de gozar, arrepende-se com força até enquanto goza (o que acaba resultando numa sensação bem estranha, talvez única na sua vida, de um êxtase implodido). Mas não é sempre que se partilha com precisão quase mística um sonho esquisitíssimo com alguém, né? Meter o pé na jaca naquela traição idiota e inesperada e não conseguir nem aproveitar nada dela pareceria até pior, de algum jeito. Um gesto mais acintoso no seu desperdício.

Ela sai de cima dele e vai para o próprio canto, respirando agora devagar e de olhos fechados, como gosta de fazer. O toque de outra pessoa logo depois de gozar é para ela a coisa mais estranha na Terra, mesmo do Daniel (que dirá daquele estranho de mãos e pés tão frios).

Belinda toma um banho meticuloso mas apressado no banheiro dele, cujo estado de limpeza a faz perder qualquer nostalgia da época de solteira num instante. Despedem-se bem rápido, os dois constrangidos, ele sem entender o motivo da pressa dela, mas claramente aliviado de já poder ficar sozinho. Belinda chega em casa antes das duas da manhã, encontra o marido dormindo diante da quarta temporada de *Seinfeld* passando sozinha no Netflix. No dia seguinte, é particularmente carinhosa com ele ao acordar, fazendo cafuné e esfregando a ponta do nariz no dele, de um tanto que ele até estranha.

(*)

Daniel era, havia anos, um rato do site Reddit e vivia mostrando a Belinda coisas que encontrava lá (lutas japonesas de insetos, casos escabrosos de assassinato, sequências de zoadas intricadamente espirituosas). Ela nunca entendeu bem o apelo da maioria das coisas, mas já tinha ouvido por ele alguns relatos interessantes em que alguma comunidade específica ali dentro conseguiu solucionar conjuntamente mistérios dos mais cabeludos. Decidiu recuperar a conta dela, criada havia anos depois de ouvir o marido dizer várias vezes que o site só era legal se você fizesse a curadoria do seu próprio conteúdo. Criou a conta sem contar a ele, mas nunca teve saco de usar de verdade. Retoma agora para postar num fórum cujo nome ela acabou encontrando depois de várias googladas que não deram em nada. O fórum chamava-se *Fenômenos estranhos relacionados a sonhos*. Postava-se quase sempre em inglês. Ela havia mudado seu nome de usuário para Cassiopeia (o nome de um personagem do desenho).

Caros redditeiros, vocês são minha única esperança. Um sonho recorrente meu muito específico de dois anos atrás apareceu como episódio do desenho Astral Buddies, *do canal Toony Tubes (hoje disponível na plataforma Dream+). Foi um sonho que se repetiu de maneira atípica e estável por muito tempo, sei disso porque comentei com meu analista na época.*

É o último episódio da primeira e única temporada do desenho, no qual um planeta roxo e deprimido fala sobre sua vida, primeiro diante do Sol e, depois, diante de todos os planetas do sistema dele.

Isso não é uma piada, e eu não sou maluca. Nunca tive essa impressão antes, não sofro de esquizofrenia nem tenho delírio de referência nem nada dessas coisas. Frases inteiras do meu sonho estavam naquele roteiro.

Alguém teria algum relato parecido? Ou melhor ainda: alguma informação específica relacionada a esse desenho? Mesmo se não puder se identificar, por favor responda aqui ou entre em contato. Será de grande ajuda. Virou uma obsessão minha.

O post teve até muitas respostas, subiu bem para cima dessa página em particular durante dois dias, mas ninguém pareceu levar muito a sério. Quase todo mundo que respondeu parecia considerá-lo uma peça bem-feita de ficção *sui generis* de internet, como tanta coisa que surgia naquele site se dizendo de verdade. Até ela sabia disso, por causa do marido. A história também não era a mais fácil de se acreditar. Vários colaram um mesmo meme antigo que Belinda não conhecia, um homem careca com cara de tartaruga acompanhado da frase *Have you ever dreamt this man?* "Ah, sim, mais um caso do nosso velho conhecido." O meme dizia que milhares de pessoas sonhavam misteriosamente com aquele mesmo senhorzinho esquisito. Até onde Belinda entendeu, esse fato era inventado (mas será, ela pensou, que o sucesso do meme não fez com que gente sonhasse de fato com ele?).

Um usuário recomendou o filme *Contatos imediatos de terceiro grau*. Outro ficou longamente perorando sobre Freddie Krueger e a série de filmes *Hora do pesadelo*, e como poderíamos pensar que, se ele é um vilão cuja onda toda é aparecer nos seus pesadelos, podemos dizer que a franquia foi uma conjuração bem-sucedida da existência daquele vilão nos pesadelos de milhões de crianças e adolescentes, pelo menos durante uns bons anos (ainda que sem a contraparte cruenta de morte no pesadelo dar numa morte na vida real, como nos filmes, até onde sabemos).

Bacana, gente. Mas nada disso era o que ela estava procurando. Considerou de novo falar com o marido, mas ele estava jogando videogame fazia horas, a filha acompanhando o progresso do seu avatar num deserto pós-apocalíptico, gritando com entusiasmo e medo genuínos para que ele executasse mutantes e inimigos em geral. Belinda chega a começar a digitar uma mensagem para duas das suas amigas mais próximas, de Ramos, mas sente que elas só tomariam aquela história absurda como mais um sinal do progressivo estranhamento entre elas. Ou de que ela teria ficado biruta de vez, mesmo. Não sabia mais a quem recorrer e não queria nunca mais ver a cara de Eric na vida (até fechou sua conta no Facebook para não ter que ver nem responder às suas mensagens).

Acabou adormecendo diante do computador. Sonha rapidamente com Freddy Krueger e Steven Spielberg numa sala de conferências de hotel. Ambos estão, como ela, na fila de um buffet de uma conferência de direito corporativo. Os pratos disponíveis são um caldeirão com moqueca e um caldeirão com "carne de gente". Os dois parecem que estão contando piadas ótimas um para o outro, ela tenta escutá-las, mas não consegue. Numa sala ao lado, o Cacique de Ramos está se apresentando. Ela quer ir lá dançar com eles, mas acha que pode pegar mal para os seus supervisores.

Acaba fingindo que está ouvindo as piadas também e que acha graça, só para se enturmar. Krueger fala algo e Spielberg morre de rir. Ela imita. Acorda com a filha no escritório, puxando seu braço, pedindo para ser colocada para dormir.

Ela bota a filha na cama e a menina adormece rápido, já ninada antes pelo marido. Belinda volta para o computador, desloga da sua conta e vai encontrar o marido na sala de TV. Ele está começando a assistir a um documentário sobre a criação dos super-heróis da Marvel e da DC. Ela não tem interesse nenhum no assunto, mas se deita no seu peito peludo e tenta dissipar as noias da sua cabeça. Adormece enquanto ouve um narrador dizer gravemente, em inglês, que a criatividade daqueles judeus de classe trabalhadora teria criado personagens carismáticos que viraram, com o tempo, e com a expansão da cultura norte-americana pelo mundo, propriedade intelectual milionária e símbolo do triunfo derradeiro daquela forma de vida. A Cultura Pop como a conhecemos. E isso sem que seus criadores judeus de classe trabalhadora vissem um centavo daquela montanha de dinheiro.

Ela se aninha no sofá do seu jeito favorito, pedindo para que Daniel a encoxe por trás.

(*)

Belinda está no escritório quando bate à sua porta seu assistente, o estagiário ombrudo, hoje sem coque, anunciando o diretor de um setor obscuro da firma-mãe, do qual até então nunca tinha ouvido falar. *Diretor de setores adicionais de jurisdição extrainstitucional.*

Hein? Extrainstitucional soa péssimo, mas talvez inofensivo. Eles não botariam um nome tenso em algo que fizesse algo tenso. Ou botariam? Era raro um ponto ser dado sem nó nos domínios institucionais da Sá, Menezes & Menezes (ainda mais depois de ela ter sido, para todos os efeitos, engolida pela gigante norte-americana Stein, Stein & Mackenzie no ano anterior, eliminando qualquer mínima gordura operacional no processo).

A S, M & M já era, desde os anos 1990, uma máquina de processar fusões e aquisições volumosas, o que geralmente queria dizer manejar os braços latino-americanos dessas operações, sempre globais na sua real extensão financeira.

Já a Stein, Stein & Mackenzie era a maior firma norte-americana do ramo e queria transformar a Sá, Menezes & Menezes no braço latino-americano de todas as suas operações. Isso depois do desempenho fenomenal deles com a fusão da Time-Viacom com a Warner-Walton, uma das maiores fusões de conglomerados midiáticos de todos os tempos. Isso já deixava o currículo dela suculento para vários escritórios, se quisesse sair. Mas ela não o faria tão cedo.

A firma já era bastante eficiente e enxuta, antes de ser comprada. Já que viviam ajudando a triturar redundâncias nas operações alheias, acabavam aplicando muitas dessas lições em casa. Mas, depois de ter sido engolida pelos gringos, as ordens eram questão de agilizar suas fileiras e descartar todo peso morto. Foi nesse processo que Belinda se fez notar e assumiu muita responsabilidade, inclusive atropelando a função de funcionários antigos. Então, se ainda existe um departamento de nome abstruso como esse, ela pensa, é porque ele deve fazer algo importante de verdade.

Belinda processa tudo isso enquanto o senhor de sobrancelhas espessas adentra sua sala. Tem manchas estranhas espalhadas pelo rosto como ilhas num mapa e parece reter algumas centenas de anos na pele incrivelmente enrugada, apesar do terno impecável, bem cortado e justinho lhe trazer ao mesmo tempo, paradoxalmente, um ar enérgico e jovial. Pede desculpas por chegar sem se anunciar, mas diz que está ali para conversar sobre um sonho que ela teria tido dois anos antes. Ela sente seus olhos se arregalarem tanto que é como se aumentassem a extensão das suas cavidades.

O velho explica que, quando dois conglomerados tão importantes quanto a Time-Viacom e a Warner-Walton se misturavam daquela maneira, numa conjunção tão concreta, provoca-se de fato esse tipo de conjunção simbólica estrondosa. A carga emocional nos seus funcionários, acionistas e mesmo clientes é grande.

Uma conjunção massiva assim reverbera fundo nas pessoas mais sensíveis, nos instrumentos mais agudos desses corpos de ações. Ele agora está sentado no canto da mesa dela, o que chama sua atenção como um gesto íntimo e, portanto, folgado demais. Ela não se lembra de autorizá-lo nem sequer se recorda de vê-lo se aproximar. Mas sente que não pode falar nada, não ainda. Não até ele deixar claro que espécie de limite está cruzando. Ela sabe como essas coisas são, não quer parecer a doida.

A voz do senhor tem uma cadência muito direta e assertiva, em segundos, é como se Belinda só conseguisse ouvir sua voz anunciando aquilo e não houvesse, nem pudesse haver, mais nada acontecendo na sala.

Você pensa junto com a empresa, estava mexida por aquela fusão, por isso sonhou junto com ela. Era uma simbiose perfeita entre corporação e funcionária exemplar. Você deve se orgulhar de si mesma. A maioria demora anos, anos de colaboração para chegar a esse grau de integração sinérgica.

A voz ressoava como se viesse de dentro do crânio dela. De fato, mesmo odiando esse tipo de coisa, Belinda participava dos seminários sempre bem-humorada, com um ótimo desempenho nas atividades motivadoras da equipe (como o fim de semana dos advogados juniores no Club Med da Costa do Sauípe, ano passado). Achava boa parte daquelas atividades nauseante, mas gostava de desempenhar melhor que os outros. Sempre foi uma jogadora exemplar do time da Sá, Menezes & Menezes. E seria mais ainda da Stein, Stein e Mackenzie, onde ela sabe que tem espaço para crescer. A firma sabe reconhecer isso. Sabe quando encontra uma campeã.

— Nós jogamos uma rede, entende. Igual pescador. Com uma tecnologia experimental que eu não teria liberdade de te explicar nem se eu a entendesse bem. E só algumas poucas cabeças das nossas fileiras são apanhadas por ela. Você foi uma delas, minha querida. Desde agora está incluída, com um salto, dentro dos anéis corporativos mais internos e recônditos. Parabéns. Sua vida vai mudar assim, ó.

O velho fala isso mas não estala os dedos nem faz nada do tipo. Ela não entende.

— ...

— Eric, o escritor, ele nem sabe, mas também estava sendo sondado. Acabou de ser escolhido pra dirigir o criativo de uma das maiores firmas de publicidade ligadas à Warner-Walton por causa desse episódio de *Astral Buddies*. Ele só vai dar passos largos a partir de agora.

— Mas o programa dele nem foi encomendado pra uma segunda temporada.

— Não foi pra isso que o programa foi feito, minha querida. Boa parte do entretenimento corporativo não é feito pra dar retorno sob os regimes tradicionais de lucro. Alguns são protótipos experimentais, outros são formas recônditas de comunicação intracorporativa. Alguns são peças coordenadas de marketing integrado a longo prazo de um feixe de marcas, outros são projetos pessoais de investidores curinga. Aglomerados de interesses cutucando uns outros meta-aglomerados de interesses. Uma quantidade incrível é resultado de litígios legais convolutos e obscuros. E uma parte ínfima da produção, uma parte que eu ajudo a coordenar aqui neste canto do mundo, toma parte de processos corporativos divinatórios de diversa ordem. *Astral Buddies* é um desses projetos. Aquele filme *Cats* foi outro. Muitíssimo bem-sucedido, ao contrário do que se pensa.

— Hein? Divinatórios?

— Divinatórios é modo de dizer, naturalmente. Eu sou mais franco do que alguns dos meus colegas mais novos, que chegam prometendo mundos e fundos com Big Data e alguma ferramentazinha construída com rede neural como se fosse o máximo. Prometem calcular exatamente o quanto um filme vai te dar. Acertam tanto quanto qualquer picareta que prometa coisa parecida. Como tantos mercados especulativos que não passam de um cassino glorificado. Mas mesmo no cassino dá pra jogar roleta e dá pra jogar pôquer. Entende? E dá pra jogar numa mesa de tubarões e numa mesa de trouxas.

— Sei. É isso que eu sei fazer.

Ela sente um desejo enorme de se provar para aquele velho estranho. Seu corpo está todo retesado, dos pés aos ombros.

E percebe imediatamente o quanto esse desejo é estranho, o quanto ele foi urdido.

— Esse desenho, por vias literalmente inexplicáveis em linguagem ordinária, era uma espécie de previsão e conjuração da fusão entre Time-Viacom e Warner-Walton. E fez seu trabalho direitinho, nos seus canais devidos. Sua concreção desempenha muito além das métricas de acesso trivial. Encaminhou e disparou uma série de vias imaginativas lúbricas necessárias pros nossos interesses.

— ...

— Isso não é nada novo, minha querida. Mesmo nos Estados Unidos, um lugar bem menos macumbeiro do que aqui, convenhamos, as herdeiras dos Rockefeller estavam lá invocando a Enéade Egípcia nos anos 1940 para se proteger, enquanto Roosevelt fazia o circo populista dele. Funcionou? Não cabe a mim dizer. Hoje temos executivos microdosados de ketamina, ibogaína ou sei lá o que e produzindo seriados como forma sofisticada de comunicação algorítmica entre conglomerados. Assim como as sibilas antigas, os xamãs, seus ogãs. Os humanos continuam sendo um tanto acidentais ao processo. Como sempre foram, de resto.

— Eu não tenho ideia do que você está falando.

— As corporações produzem nosso imaginário coletivo, querida. O inconsciente coletivo já virou inconsciente corporativo há décadas. Não tem mais pra onde correr. Graças a Deus. Há quase um século que a estrutura e os canais todos já estão perfeitamente implementados, já correm em trilhos proprietários mega estáveis. Isso é bom pros negócios de todo mundo, no caso dos quatro ou cinco gigantes. Deixa tudo muito mais fácil de conduzir. O rato já colonizou boa parte do mercado dos sonhos e continua abocanhando mais e mais terreno, mas não tudo. Não tudo. Nós ainda podemos disputar juntos esse mercado. Antes que ele se feche de todo. Não há segurança maior pra uma marca do que aquela que a nostalgia infantil pode dar. Não há fidelidade de marca que seja mais canina. É como uma tautologia, minha querida. Não tem fim.

— Sei. Mas eu sou uma advogada de fusões e aquisições.

— Claro.

— Como que eu poderia ajudar a, como você diz, colonizar o mercado do sonho? Eu não escrevo seriados nem filmes, nada assim criativo. Eu sei pegar o sistema legal e suas interpretações e aprender a usar toda alavancagem e buraco que ele puder me dar. Sei como um peixão pode ficar maior pra não ser engolido, esse tipo de coisa.

— Pois então. Você é muito mais importante que qualquer roteirista. Pessoas como você podem imaginar novos domínios de fusão, novos campos de integração sinérgica entre indústrias e campos do imaginário. Escritores de seriado dão lá os pulos deles. Mas tudo que eles fazem é em cima do cenário e do fundo que *vocês* oferecem. Quem produz conteúdo trabalha pra gente, e não o contrário. É importante você saber disso. *Vocês vão ajudar a projetar o metaverso.*

— ...

— Não precisa dar nenhuma resposta definitiva agora. Até porque não adiantaria muito. Seu desejo já está integrado dentro dos nossos parâmetros, bem ou mal. Já faz tempo. Mas enfim. Ainda assim quero saber o que você acha. Ou o que você acha que acha.

— Acho que eu vou acordar daqui a pouco.

— Vai mesmo, no seu sofá, em casa. Com seu marido vendo televisão e ponderando seriamente sobre homens fortes de ceroula. Mas isso é irrelevante. Tudo que eu estou falando vai se confirmar a partir de amanhã.

— Claro que vai. E meu marido será o Ryan Gosling.

— Se você quiser. Ele deve ser incorporado ao nosso estúdio em 2023. Tudo virá à tona no momento apropriado. Isso está, sim, chegando a você por meio de um sonho, Belinda. Sem dúvida. Mas de maneira alguma quer dizer que não seja real.

AGRADECIMENTOS

Agradeço a Cícero Portella, Clarissa Mattos, Gabriel Menotti, Rafael Trindade, Alejandro Chacoff, Eduardo Viveiros de Castro, Diogo Godoi, João Paulo Reys, Izadora Xavier, Breno Kümmel, Leonardo Lamha, Analia Vencioneck, Hermano Callou e Natalia Reis (por terem lido e comentado versões iniciais destes contos).

Pelo trabalho cuidadoso de edição e preparação, agradeço a Antônio Xerxenesky, Gabriela Mekhitarian, Luiza Lewkowicz e Silvia Massimini Felix, que melhoraram tanto o livro.

FONTES
Fakt e Heldane Text

PAPEL
Avena

IMPRESSÃO
Lis Gráfica